I0868050

MAUPASSANT ET *FORT COMME LA MORT* : LE ROMAN CONTREFAIT

TREVOR A. LE V. HARRIS

MAUPASSANT ET *FORT COMME LA MORT* : LE ROMAN CONTREFAIT

LIBRAIRIE A.-G. NIZET
PARIS
1991

ISBN 2-7078-1144-0

Les autres parties du monde ont des singes ;
l'Europe a des Français. Cela se compense.

Arthur SCHOPENHAUER

Remerciements

Je tiens à exprimer ici toute ma gratitude envers la British Academy et l'Université de Salford, à Manchester, dont le généreux concours a permis la préparation et la publication de cette étude.

Avant-Propos

En ce qui concerne Maupassant, les excès de l'homme ont souvent mal servi l'écrivain. On ne s'arrête de faire du premier un satyre ou un détraqué que pour mieux jouir chez le second du spectacle libidineux que ces deux qualités ménagent : un lubrique toqué, en somme, encore capable de faire la une à la découverte de chaque nouveau délire, de chaque nouvel exploit génésique.

Par ailleurs, l'excellence du conteur a sans doute mal servi le romancier. Bien souvent, c'est à peine si la présence de ses fictions vient déranger notre plaisir. La lecture en est si leste que la rare conscience de notre activité ne fait que souligner le naturel de l'anecdote. Maupassant savait raconter : là-dessus tous tombent d'accord. Mais le souffle n'était pas son fort. La plupart des lecteurs, il est vrai, se régalent des innombrables contes et nouvelles. Parmi l'étonnante variété de parfums qui s'en dégagent, toutefois, certains croient encore saisir comme un relent de frivolité. Qu'on les mette tous dans la balance, ces courts récits ne font pas le poids du sérieux. Pire : dans les sables mouvants du genre romanesque où il lui arrive de se hasarder, ce spécialiste du texte *in cauda venenum* disparaît sans laisser de traces — exception faite (et encore) de *Bel-Ami* (1885) ou de *Pierre et Jean* (1888)...

Ce portrait-caricature, depuis un certain temps, a tendance à se ronger par la base. A son sommet, pourtant, subsiste — périlleusement — une région particulièrement tenace : le Maupassant des derniers ouvrages, mégalomane, colonisé par la maladie, mondain désœuvré, taillant son texte dans le vif de son ennui syphilitique. Ces tristes documents des dernières années ne conserveraient qu'une valeur de témoignage piteux de la déchéance d'un talent. *Fort comme la mort* (1889) en est.

Pour l'étude qui suit, la première démarche qui s'imposait était donc d'examiner dans quelle mesure il est possible de rendre compte de *Fort comme la mort* en faisant appel, par exemple, au snobisme ou à la mondanité de son auteur. C'est là une étape liminaire essentielle en ce sens qu'elle permet de restituer le caractère à la fois sobre et intense de l'analyse sociale que l'écrivain mène dans ce roman. Par la suite, ce n'est pas dans le but de remettre en cause le bien-fondé de cette analyse, ni l'intérêt du thème principal du roman, que nous en privilégions une lecture symbolique. Nous tenons, au contraire, en agissant de cette façon, à donner tout son poids à ce roman, à affirmer que *Fort comme la mort* rôde autour d'une esthétique dont Maupassant enregistrait la nécessité, mais qu'il était impuissant à assumer.

I

Du côté de Saint-Germain

Pour un bon nombre de lecteurs il n'y a pas de doute possible : *Fort comme la mort* est un roman mondain. Précisons : pour ces lecteurs c'est à la fois un roman *sur* la mondanité et un roman *tiré de* la mondanité, de la vie mondaine d'un écrivain dont le succès lui serait monté à la tête. Voilà pourtant une lecture qu'il convient d'analyser de plus près, car elle comporte un certain nombre de dangers. Avec toute la mesure qu'on lui connaît, Louis Forestier nous rappelle que certains ont « dit et répété, souvent pour le lui reprocher, que Maupassant, vers 1885, avait entrepris de conquérir le faubourg Saint-Germain ».[1] En effet, entre la mondanité et le snobisme, la limite est souvent floue. C'est une limite que Léon Daudet, entre autres, n'hésite pas à brouiller davantage à l'égard de Maupassant, citant des détails qui, si véridiques qu'ils puissent être, parviennent mal à cacher une espièglerie :

> *Un beau jour, on apprit qu'il s'était commandé trois douzaines de caleçons roses, deux douzaines de chaussures claquées vernies, des*

1. Maupassant, *Romans,* édition établie par Louis Forestier (Gallimard, Bibliothèque de la Pléiade, 1987), p. 1560. Une indication de page du type « R, 1560 » donnée entre parenthèses après une citation renvoie à cette édition.

> *complets de toutes les couleurs, qu'il interrogeait gravement les chemisiers à la mode et leur découvrait une intelligence remarquable. Dans le même temps, il recherchait avec avidité les personnes titrées ou simplement répandues dans les cercles, les salons, les boudoirs de courtisanes huppées.*[2]

Il est fort probable que Maupassant n'ait pas su résister, à la suite, notamment, de l'immense succès de *Bel-Ami* en 1885, aux charmes d'un milieu qui n'était pas vraiment le sien. Et pourtant, ce serait une grave erreur de mettre cette « petite crise de snobisme » uniquement sur le compte d'une faiblesse personnelle.[3] Outre l'amour-propre ou — interprétation plus généreuse — la curiosité, Maupassant avait d'excellentes raisons professionnelles de s'intéresser à un milieu auquel ses récents succès en librairie venaient de lui donner accès. Comme le fait remarquer Gérard Delaisement,

2. Léon Daudet, *Souvenirs des milieux littéraires, politiques, artistiques et médicaux de 1880 à 1905* (Nouvelle Librairie Nationale, 1915), 2ᵉ série, « Devant la douleur », pp. 116-17. Plus loin on constate une certaine compassion chez Daudet pour « le pauvre Guy » (ibid., p. 121), mais qui n'est jamais totalement dépourvue de morgue moqueuse à l'égard de « cette nouvelle tête de Turc normand, passionné et congestif, féru de canotage et d'exhibition musculaire » (ibid., p. 117), chez qui Daudet voit « une naïveté d'enfant » mélangée avec « une concupiscence de muletier ivre » (ibid., p. 122). Aussi avons-nous peu de raisons de nous étonner lorsque Daudet affirme que Maupassant « n'a pas une grande place dans les lettres françaises », que son talent est « médiocre » et que son don littéraire unique est la « phrase courte et frottée » (dans Artine Artinian, *Pour et contre Maupassant,* Nizet, 1955 [pp. 56-57]).

3. L'expression est de Henry Roujon (1853-1914), qui connut Maupassant dès 1875-76 et à qui le conteur dédia *Pierrot* (1882). Roujon « [se] rappelle avec quelle complaisance ce contempteur des lois et des mœurs se pliait aux élégants supplices de la vie mondaine. Il prenait part aux bureaux d'esprit et siégeait dans les dîners-conférences, entre de blanches poitrines de penseuses. Annexé, domestiqué, dompté par ces exquises et redoutables Parisiennes qui témoignent leur déférence aux illustres en les empêchant de travailler, il a dîné en ville, ce révolté. Il a même eu sa petite crise de snobisme, et, lui qui n'était bien qu'en vareuse, on l'a vu croire à certains tailleurs » (*La Galerie des Bustes,* Hachette, 1909 [p. 16]). Comme on pouvait s'y attendre chez un compagnon de Maupassant, il y a ici une certaine retenue par rapport au jugement de Léon Daudet. On est toutefois frappé par ce qui pourrait bien constituer une référence voilée à *Fort comme la mort* : les Parisiennes qui empêchent les « illustres » de travailler ne manquent pas de nous faire penser aux Parisiennes qui, apparemment, sapent l'énergie créatrice d'Olivier Bertin. Faut-il croire, chez Roujon, à une sorte de diagnostic rétrospectif quant à l'influence néfaste du beau monde sur l'écrivain ?

Maupassant, en cédant à la mondanité, ne fait que céder, en vérité, aux impératifs de son art, se penchant sur « d'autres veines à prospecter afin de parcourir tous les chemins ».[4]

Ici encore, pourtant, *Fort comme la mort* a du mal à s'imposer et, en contournant un premier écueil — l'accusation de snobisme — son auteur se trouve aussitôt confronté à un second : celui de *l'imitation*. En somme, en écrivant *Fort comme la mort*, Maupassant se serait rendu à une méthode dans le vent, abandonnant sa chère « objectivité » au profit de la formule « psychologique » : c'est-à-dire, plus précisément, la psychologie à la Bourget. Mais il s'agit là, dans la pratique, d'un avatar camouflé de la première accusation. Gérard Delaisement a raison de nous mettre en garde contre ceux qui « ont délibérément glosé sur les nouvelles tendances, psychologiques et mondaines, d'un écrivain que la fréquentation des salons aurait à jamais perverti ».[5] En effet, pour ceux qui sont enclins à suivre cette argumentation, c'est le snobisme de Maupassant qui l'attire vers les salons et c'est ce cadre enjôleur qui, par la suite, altère son objectivité viscérale, l'entraînant vers une formule artistique qui lui convient mal.

Cette manière de voir les choses, en dépit de ce qu'elle a de séduisant, recouvre plus d'une difficulté. Dans un premier temps, si Maupassant est attiré aussi complètement par les milieux huppés, on peut difficilement écarter l'hypothèse que la fréquentation de ces milieux fait partie intégrante de ses tendances naturelles : ce qui remet en question toute idée de « perversion » de son « vrai » tempérament ! On a lieu, ensuite, de s'interroger sur les « nouvelles tendances » de Maupassant. Par rapport à *Une Vie* (1883), certes, ou *Bel-Ami*, il y a changement de perspective. Pourtant, en ce qui concerne le style de *Fort comme la mort*, Maupassant semble bien y poursuivre une évolution amorcée déjà avec le roman précédent, *Pierre et Jean* (1888). Enfin, tout en faisant la part des observations intéressantes qui pourraient découler d'une comparaison entre Bourget et Maupassant, il faut renoncer à mener une

4. *Fort comme la mort*, édition établie, préfacée et annotée par Gérard Delaisement (collection Folio, Gallimard, 1983), p. 9.

5. Ibid., p. 7. Pour une discussion à la fois détaillée et équilibrée des rapports entre Maupassant et les mondains, voir Armand Lanoux, *Maupassant le Bel-Ami* (Grasset, 1979), surtout pp. 262-307.

telle étude comparative ici que l'on soit, ou non, d'accord avec André Maurois, qui prétend que « *Fort comme la mort* vaut mieux que la plupart des romans de Bourget. »[6]

Le nom de Paul Bourget n'est pourtant pas sans intérêt dans le contexte de *Fort comme la mort*. C'est en 1884 que Bourget, dont les ouvrages critiques sont peut-être plus appréciés que les romans, commente le travail de Maupassant dans les termes suivants :

> *L'école de l'observation à laquelle se rattache M. de Maupassant, doit, pour épuiser tout son principe, être capable de produire les espèces sociales les plus complexes, comme elle s'est montrée capable de reproduire les moins raffinées.*[7]

Que l'on ne se trompe pas sur l'attitude de Bourget. C'est un lecteur assidu et enthousiaste du travail de Maupassant, et le conseil proposé dans le passage cité ici n'entame en rien ce respect. Plus tard, lors de la publication posthume en revue d'un texte inachevé de Maupassant, en l'occurrence *L'Ame étrangère* (publié dans *La Revue de Paris* du 15 novembre 1894), Bourget n'hésite pas à évoquer les noms de La Bruyère, Mérimée, Stendhal et Flaubert lorsqu'il est question du style de Maupassant. Dans une appréciation des mérites de ce dernier où l'indulgence pour un ami disparu ne saurait fausser une réelle admiration, Bourget écrit à propos de *L'Ame étrangère* :

> *à la mélancolie de l'œuvre interrompue, s'ajoute, pour ceux qui gardent le souvenir du Maupassant jeune, héroïque de force et d'ardeur, de santé et de raison, l'évidence qu'à la toute veille de la crise où il sombra, son intelligence d'artiste était demeurée aussi saine, aussi robuste, aussi équilibrée qu'à l'époque où il écrivait dans* Les Soirées de Médan *cette* Boule de Suif *qui le rangea du coup parmi les maîtres. Toutes les vertus d'esprit qui distinguaient le conteur sont là dans leur intacte intensité.*[8]

Plus loin, Bourget se départ nettement de toute théorie d'abâtardissement ou de déclin du talent de Maupassant en le définissant

6. Maurois, conscient des dangers de toute comparaison facile, d'ailleurs, ajoute : « Bien sûr, Maupassant n'est pas Tolstoï, mais il faut comparer des choses comparables » (*Fort comme la mort*, édition préfacée par André Maurois (Imprimerie Nationale, 1958), p. 29.

7. Paul Bourget, *Études et portraits* (Plon, 1884), iii, 303.

8. *Nouvelles pages de critique et de doctrine* (Plon, 1922), i, 68.

comme « un artiste toujours en progrès, à qui le succès, la pire des épreuves et funeste à tant d'autres, avait été une occasion seulement de se développer dans un sens plus élevé de sa nature ».[9] C'est ainsi que, par une engageante excentricité de l'histoire littéraire, Maupassant trouve, dans celui dont il est censé être l'imitateur maladroit, son plus éloquent défenseur...[10]

Or, la possibilité que *Fort comme la mort* constitue une réponse au commentaire de Bourget n'est pas à exclure, puisque Maupassant aborde ici, justement, l'examen des « espèces sociales les plus complexes » que Bourget avait préconisé en 1884. Il y a même un certain pari d'universalité à ce niveau, car Maupassant a soin de présenter des représentants de presque tous les échelons de la hiérarchie nobiliaire : barons, comtes, marquis, ducs et princes. Encore faut-il distinguer entre « aristocratie » et « mondains ». On a pu dire qu'une partie importante de la spécificité de *Fort comme la mort* consiste en l'étude de l'aristocratie. Mais celle-ci joue un rôle considérable, pour ne pas dire essentiel, dans les romans antérieurs.[11] *Une Vie,* notamment, forme quasiment le bréviaire du déclin de l'aristocratie provinciale pendant la première moitié du dix-neuvième siècle, Jeanne héritant de domaines en désagrégation et vivant parmi des hoberaux et des noblaillons inexorablement embourgeoisés. Dans *Bel-Ami,* ce même processus d'embourgeoisement se poursuit à un rythme frénétique, illustré principalement à travers le personnage de Georges Duroy qui devient le « baron »

9. Ibid., p. 73.

10. Bourget, l'un des principaux représentants de l'analyse psychologique dans le roman, ne songe pas, d'ailleurs, à associer le nom de Maupassant à cette tendance : « Tandis que des pages d'analyse sont nécessaires à d'autres, et aux plus grands, à un Balzac même, pour situer leurs personnages, deux phrases suffisaient à Maupassant » (ibid., p. 68).

11. Nous recensons au passage les personnages titrés suivants dans les romans antérieurs de Maupassant : dans *Une Vie,* le baron et la baronne le Perthuis des Vauds, le vicomte de Lamare (Julien), le vicomte et la vicomtesse de Briseville, le comte et la comtesse de Fourville, le marquis et la marquise de Coutelier ; dans *Bel-Ami*, le « baron » Georges Du Roy de Cantel, la baronne de Livar, la vicomtesse de Percemur, le comte de Vaudrec, le comte de Latour-Yvelin, le comte et la comtesse de Ravenel, le marquis de Cazolles, la marquise des Dunes, la duchesse de Ferracine, le général prince d'Andremont ; dans *Mont-Oriol,* le comte de Ravenel (Gontran), le marquis de Ravenel, la duchesse de Ramas, le duc et la duchesse de Ramas Aldavarra, la princesse de Maldebourg.

Georges Du Roy de Cantel. C'est une évolution que *Mont-Oriol* (1887) semble parfaire, le banquier William Andermatt, nouvel avatar du Walter de *Bel-Ami* et tel un Gundermann de Zola, serrant les Oriol et les nobles estivants d'Enval dans l'étau irrésistible de sa puissance financière.[12] On ne manquera pas de constater l'absence de *Pierre et Jean* dans cette énumération. Exception qui confirme la règle : seul roman entièrement « bourgeois » de Maupassant, ce texte a ceci de particulier, également, qu'il annonce une évolution stylistique ; du moins si on en croit l'auteur. Dans « Le Roman » (1887), essai qui parut en tête de *Pierre et Jean,* Maupassant a soin de préciser que ce roman constitue une « étude psychologique » (R, 703). La remarque n'est pas sans importance pour notre propos ici, car elle confirme que Maupassant lui-même place la « césure » entre son style « objectif » et son style « psychologique » au début de son *quatrième* roman.

Ce n'est donc ni dans le snobisme, ni dans un « psychologisme » singé, ni encore dans l'étude de l'aristocratie qu'il convient de chercher le caractère spécial de *Fort comme la mort* par rapport aux quatre romans qui le précèdent, et ce roman ne semble surtout pas annoncer le brusque revirement stylistique ou esthétique que certains ont cru y voir.

L'originalité de l'analyse sociale à laquelle Maupassant se livre dans *Fort comme la mort*, vient plutôt de ce qu'il dirige toute son attention sur une section bien déterminée de cette aristocratie, une espèce sociale bien précise que Gérard Delaisement a définie de la façon suivante :

> *C'est le monde des mondains, comme suspendu, et qui s'est arrêté à un moment de son histoire. Recru de richesses, ce monde sans racines, sans but, sans joie et sans espérance, laisse l'argent travailler pour lui et s'englue dans l'ennui que secrètent une solitude rongeuse et un manque de désirs et de soifs débouchant sur l'asphyxie porteuse d'angoisse et de mort.*[13]

En effet, il s'agit du « Gotha » parisien et fin-de-siècle, pour l'essentiel du faubourg Saint-Germain, un milieu oisif, cossu, de nature essentiellement urbaine — dans les deux acceptions du terme : tous des éléments qui tendent à séparer *Fort comme la mort* des romans

12. *L'Argent* de Zola paraîtra en 1890.

13. *Fort comme la mort* (Folio), p. 11.

antérieurs. A la différence de ceux-ci *Fort comme la mort* nous propose, de plus, l'étude d'un milieu aristocratique encore en pleine possession de ses privilèges financiers. Dans ces régions les plus éthérées de la noblesse, la désintégration examinée dans *Une Vie* ou *Mont-Oriol*, n'a pas encore atteint un stade avancé. Gontran de Ravenel, dans *Mont-Oriol*, en parlant du « ci-devant faubourg Saint-Germain qu'on devrait baptiser faubourg de Saint-Dèche » (R, 627), fait preuve d'une lucidité cynique qui résume de façon très juste sa situation personnelle. Son analyse est pourtant prématurée en ce qui concerne les habitués du salon des Guilleroy, qui sont plutôt en train de consolider leurs assises financières.[14]

Il apparaît donc assez clairement qu'en abordant l'analyse des mondains, abstraction faite de la part d'affectation ou de pose qui attire l'auteur vers ce milieu, Maupassant ne fait que suivre une courbe naturelle, profitant d'un nouveau sujet que ses habitudes d'écrivain en vue ne pouvaient manquer de lui fournir : nouveau sujet qui est une nouvelle occasion d'exercer ses dons d'observation. En effet, l'évolution est naturelle en ce sens précis que l'étude du milieu mondain prend sa place dans une succession de milieux observés, Maupassant tirant la substance de l'œuvre en cours d'une connaissance accrue de l'environnement dont il a une pratique immédiate et quotidienne. En d'autres termes, c'est le matériel qui se renouvelle, alors que le regard ou la méthode sont des constantes.

Il n'en demeure pas moins que certains lecteurs ont essayé, peu ou prou, de limiter la portée de *Fort comme la mort* en prétendant que la constance de la méthode est entamée dans les derniers textes de Maupassant et que l'autobiographie y triomphe de la fiction. On veut bien, semble-t-il, mettre l'accent sur la fiction dans les premières œuvres, tout en reconnaissant le rôle du vécu, à condition de pouvoir inverser ce rapport lorsqu'il s'agit des derniers ouvrages. Autrement dit, l'évolution des techniques narratives de Maupassant serait trompeuse. Il est question, au contraire, d'une dégradation, le signe d'une anxiété par rapport à l'acte créateur, l'engouement de Maupassant pour le monde hâtant la lente déperdition de son talent. Jacques-Émile Blanche, à cet égard, est catégorique :

14. Reconnaissons, toutefois, les signes avant-coureurs de la dégénérescence qui se tient dans la coulisse de cette société encore nantie en la personne du marquis de Farandal, dont le père s'est « presque entièrement ruiné au jeu » et qui a donc besoin d'un « mariage riche, très riche » (R, 879).

« *Fort comme la mort* et les autres derniers romans de Maupassant, qui sont les moins bons, datent de son entrée dans le monde ».[15] Henry Roujon, quant à lui, émet un jugement qui, pour être plus nuancé, abonde finalement dans le même sens :

> *Quant à ses romans, si dignes de respect qu'ils puissent être, j'y vois des œuvres d'application? d'une veine moins sincère, presque en déviation de sa nature. A la fin, d'ailleurs, il changeait d'âme, hélas ! on sait pourquoi. Parti de la parodie à outrance, il glissait à la pitié. Il s'amollissait ; ses derniers livres ont quelque chose d'estompé et d'attendri. Le ton n'est plus le même : dans* Notre cœur *et* Fort comme la mort, *la voix hésite et tremble par moments.*[16]

Partant du même principe et tout en admettant que dans ses « romans parisiens... [Maupassant] apparaît comme un homme de talent déraciné », André Maurois prend néanmoins position en faveur de la continuité de la méthode ainsi que du mérite de ces derniers textes, déclarant que Maupassant y conserve « ses grandes qualités de constructeur et d'observateur ».[17]

Tout compte fait, nous sommes pourtant amenés à constater avec Louis Forestier, dont l'économie d'expression frise la litote, que *Fort comme la mort* « ne jouit pas d'une bonne réputation » (R, 1559). Or, puisqu'il nous revient de chercher le pourquoi de cette réputation, on nous pardonnera de soupçonner qu'elle repose

15. *La Pêche aux souvenirs* (Flammarion, 1949), p. 172. Jacques-Émile Blanche (1861-1942), peintre de nombreux portraits, dont celui d'Henri Bergson, fut le fils du docteur Antoine Émile Blanche (1828-93). C'est dans la maison de santé de ce dernier que Maupassant, sous les soins d'un médecin du nom de Meuriot, passa les dix-huit derniers mois de sa vie.

16. *La Galerie des Bustes,* p. 23. L'accueil de la critique contemporaine est toutefois favorable dans l'ensemble, même si on relève une modification dans le ton narratif de Maupassant. Dans la *Revue Bleue* du 29 juin 1889, Jules Lemaître écrit : « La thèse du roman, c'est l'immense douleur de vieillir — simplement... Ce qui est remarquable, c'est que ce drame, de donnée romanesque (par le caractère absolument exceptionnel de la situation et des sentiments), M. de Maupassant le développe par les procédés du roman réaliste. Cette étrange histoire, nous en touchons du doigt la vérité, jour par jour, heure par heure... La sûreté d'observation du conteur est telle que, cette invraisemblance, il la fait comme rentrer de force dans le courant vulgaire des choses ». Paul Ginisty, dans *Gil Blas* (24 mai 1889), qualifie le roman d'étude « merveilleusement conduite, avec la plus cruelle sûreté ». Les deux appréciations sont citées dans Guy de Maupassant, *Œuvres complètes* (Louis Conard, 1907-10), 29 vol., xxii, 403-4.

17. *Fort comme la mort* (Imprimerie Nationale), p. 30.

presque entièrement sur une lecture qui met l'accent sur la dimension autobiographique du texte au détriment de toutes les autres. Voici, en effet, le dernier et le plus séduisant piège. C'est une lecture qui est implicite dans la quasi-totalité des commentaires sur le roman, d'ailleurs peu nombreux, et qui veut que la « nouvelle » technique et les « nouvelles » préoccupations de Maupassant dans ses derniers textes soient autant de symptômes d'un snobisme qui, lui, à son tour, est une marque de la progression de la *maladie* de l'écrivain. Nous avons déjà abordé la question du snobisme. Quant à celle de la maladie, elle est établie de la façon la plus claire par Robert J. Niess qui, à propos des dernières œuvres publiées du vivant de Maupassant, prétend que ces textes « en dépit de variations considérables du style et de la technique et d'évidentes différences quant au sujet, semblent constituer une espèce d'autobiographie de Maupassant ». Plus loin, M. Niess souligne le rôle de la maladie dans cette autobiographie :

> *Peut-être comprenait-il vaguement, à travers les migraines et la cécité, que le seul sujet qui lui restait était sa propre personne : l'homme physique et moral qui, depuis tant d'années, trompait sa propre douleur en enregistrant celle d'autrui.*[18]

Ce commentaire est capital en ce sens qu'il indique on ne peut plus clairement, à travers une incontestable bienveillance, une thèse qui

18. « Autobiographical Symbolism in Maupassant's Last Works », *Symposium,* 14, no. 3 (Fall 1960), 213-20 (213). C'est nous qui traduisons. Le texte original des deux citations est comme suit : (i) « in spite of wide variations of style and manner and obvious differences of matter, seem to constitute a kind of autobiography of Maupassant » ; (ii) « Perhaps he knew dimly, through his migraines and his blindness, that the only subject he had left was himself, the physical and moral man who for so long had deceived his own tortures by recording the tortures of others ». Par ailleurs, M. Niess, écrivant au sujet de *Notre cœur*, s'attache à rappeler l'influence de la mondanité et de Paul Bourget : « Au premier abord, ce roman ne constitue guère plus qu'une faible tentative de la part de Maupassant pour écrire le genre de roman psychologique mondain que Bourget mettait alors à la mode et que Maupassant avait déjà imité dans un ouvrage précédent, *Mont-Oriol* » (ibid., 218) : [« At first sight, it seems to be little more than a weak attempt on Maupassant's part to write the kind of psychological novel of high society that Paul Bourget was making popular and which Maupassant had already imitated in a preceding work, *Mont-Oriol* »]. La dernière remarque à propos de *Mont-Oriol* vaut d'être relevée. L'inauguration du style « psychologique », par opposition au style « objectif », que beaucoup de lecteurs situent au début de *Fort comme la mort* et que Maupassant lui-même situe au début de *Pierre et Jean,* est placée par M. Niess au début du *troisième* roman ! Ne sommes-nous pas en droit, en présence de cette incertitude, de nous méfier de tout classement de ce genre ?

tente cette gageure paradoxale : prôner le travail de Maupassant en en limitant la portée. C'est la vision d'un Maupassant « sur le retour », s'acharnant à produire, alors que, désormais, le matériel de base lui fait défaut.

On peut, sans trop de difficultés, concevoir la manière dont cette lecture s'appliquerait à *Fort comme la mort*. C'est Maupassant lui-même, en somme, qu'il faut voir dans le personnage d'Olivier Bertin : ce dernier, comme son créateur, est un bel athlète, un boulevardier en passe de se métamorphoser en salonnard, un artiste très apprécié de ces dames mais qui, mondain un peu malgré lui et dont le talent s'éparpille au contact de ce milieu mangeur d'hommes de talent, se voit progressivement retirer son originalité. La thèse, on est contraint de l'avouer, est très séduisante, étant donné le nombre de points communs entre l'existence de Maupassant et celle de son héros fictif.

Or, le rapport entre la fiction et l'autobiographie soulève, à un niveau général, de vastes questions narratologiques, entre autres, qu'il n'est ni possible, ni souhaitable d'aborder dans ce contexte particulier. Quoi qu'il en soit, ce serait un divertissement en somme futile de vouloir nier l'importance de ce rapport. Ce serait aussi une entreprise peu nécessaire pour ce que nous voulons faire ici. Quand bien même Maupassant aurait mis de ses angoisses et de son « vécu » dans *Fort comme la mort*, nous n'aurions pas vraiment lieu de nous en étonner ! Ainsi est-il tentant d'évacuer la question entièrement. Retenons, toutefois, cette évidence qui veut qu'un écrivain doit fatalement se servir de son expérience personnelle afin de créer ses fictions. C'est une évidence que Maupassant lui-même ne manque pas d'évoquer, d'ailleurs, dans « Le Roman » :

> *En somme, celui qui fait de la psychologie pure ne peut que se substituer à tous ses personnages dans les différentes situations où il les place, car il lui est impossible de changer ses organes, qui sont les seuls intermédiaires entre la vie extérieure et nous, qui nous imposent leurs perceptions, déterminent notre sensibilité, créent en nous une âme essentiellement différente de toutes celles qui nous entourent. Notre vision, notre connaissance du monde acquise par le secours de nos sens, nos idées sur la vie, nous ne pouvons que les transporter en partie dans tous les personnages dont nous prétendons dévoiler l'être intime et inconnu* (R, 711).

A première vue, Maupassant semble appuyer la thèse autobiographique. Mais il est surtout en train de polémiquer contre la critique bien-pensante qui voudrait contraindre l'écrivain, tout écrivain, à produire des textes selon certaines règles de composition bien définies. En mettant l'accent sur la subjectivité de l'auteur Maupassant prend partie pour l'originalité de la vision personnelle : ce qui n'équivaut pas à prétendre que le lecteur doit confondre l'écrivain avec ses personnages. Quant à *Fort comme la mort*, c'est à nouveau André Maurois qui a le courage d'effleurer le truisme et de ramener la discusssion vers ce problème fondamental :

> *On a beaucoup dit qu'Olivier Bertin était un autoportrait. Le profane identifie volontiers l'auteur avec le héros. Ce n'est presque jamais exact. Le romancier jette des éléments de soi-même dans ses personnages, mais en les mêlant à d'autres, venus du dehors. Il y a quelque chose de Balzac en Louis Lambert, mais aussi en Vautrin, et même dans le baron Hulot. Il y a du Marcel Proust dans le Narrateur, mais aussi en Swann, en Bloch.*[19]

Et, plus loin, Maurois de souligner que « Bertin, qui a été douze ans l'homme d'un seul amour, évoque bien peu la vie toute sensuelle, toute remplie de prouesses érotiques de Maupassant » : ce qui démontre facilement la différence entre Maupassant et Bertin, mais d'une manière qui, en dernière analyse, écarte un mythe en se servant d'un autre ![20]

Tout compte fait, lorsqu'il est question de Maupassant, on ferait bien de résister à une sorte de démangeaison qui pousse à exploiter les détails les plus lestes de son existence. Il convient, en effet, d'aborder toute question relative à la « chronologie » ou à des données biographiques — notamment la maladie — avec la plus grande circonspection. Pour s'en convaincre, il suffit de rappeler que cette carrière d'écrivain ne dure qu'une dizaine d'années, quinze tout au plus. Ce serait une erreur, à notre sens, de chercher l'inté-

19. *Fort comme la mort* (Imprimerie Nationale), p. 23.

20. Ibid., p. 24. Maurois lui-même ne résiste pas à la tentation de faire de *Fort comme la mort* un roman à clefs, puisqu'il prétend « deviner Maupassant en Madame de Guilleroy. C'est à elle qu'il prête sa douleur de vieillir ». D'autres « clefs » se proposent. Alexandre Zviguilsky, pour sa part, affirme que « sous les traits d'Olivier Bertin se cache Ivan Tourguénev, le maître et l'ami de Maupassant » (« Maupassant et Tourguénev : la source de *Fort comme la mort* », *Revue de littérature comparée,* janvier-mars 1973, 131-38 [138]). « Le bon Moscove », comme on l'appelait, serait tombé amoureux d'une certaine Pauline Viardot et de sa fille, Claudie et *Fort comme la mort* serait l'histoire romancée de cet épisode. Comme l'indique Louis Forestier (R, 1570), l'interprétation peut se défendre.

rêt de l'entreprise esthétique de Maupassant dans une division en « périodes » de ses romans, par exemple, allant du roman réaliste au roman psychologique au roman mondain. *Une Vie* paraît en 1883, *Fort comme la mort* en 1889. Face à un intervalle si réduit, il faut se défendre de vouloir accélérer artificiellement un processus qui n'eut jamais le temps d'avoir lieu. Maupassant, en somme, sachant qu'il devait mourir jeune, se serait-il hâté de se faire mûr, condensant en une dizaine d'années un processus de maturation qui d'ordinaire s'étend sur une période bien plus importante ? Cela nous paraît assez peu vraisemblable. Imposer rétrospectivement à Maupassant une stratégie, une opération littéraire, c'est lui prêter des intentions qui procèdent d'une téléologie de la critique, d'un argument par prédestination bien plus que d'une conscience claire de leur destin dont peu d'écrivains peuvent disposer.

Il est peu probable que Maupassant arrive un jour à s'extirper complètement des mythes qui l'entourent, à se défaire de cette espèce d'aura mystique faite de cancans plus ou moins vulgaires et de quelques potins d'autant plus élégants qu'ils sont peut-être intéressés. Mais même si nous n'avons pas la possibilité de refondre entièrement le personnage, nous sommes pourtant en mesure de rejeter une lecture caricaturale de *Fort comme la mort*. Snobisme, mauvais Bourget, divagation syphilitique, confession romancée : nous avons vu que chacune de ces hypothèses repose sur un raisonnement précaire, voire spécieux. Dans les pages qui suivent, nous ne cherchons pas à nier que *Fort comme la mort* soit un roman de Maupassant, ni que Maupassant y ait mis de lui-même. Notre but est, tout simplement, de réintroduire dans notre lecture de ce texte la part de sérieux que le roman semble mériter. A cet égard, l'analyse sociale proposée par Maupassant dans *Fort comme la mort*, constitue un excellent point de départ.

II

Paris-pantin : je joue, donc je suis

Fort comme la mort poursuit une analyse sociale abordée dès 1880 dans *Boule de suif.* Le roman de 1889 apparaît, en effet, comme une étude de mœurs, ou plutôt une « Scène de la vie parisienne », dans cette *Comédie humaine* à dimensions réduites lancée par l'éclatant succès de la « Scène de la vie de province » que fut la célèbre nouvelle. C'est une façon de redire la progression naturelle de Maupassant à travers les différents « coins de la nature » qu'il tenait à examiner, en soulignant le rôle de la continuité méthodologique dans cette évolution. La même verve satirique, la même acuité du regard, habitent à la fois les premiers et les derniers textes et nous verrons que Maupassant conserve, en 1889 comme en 1880, le même détachement par rapport au milieu dont il analyse les faiblesses et les snobismes.

Il y a du détachement, d'abord, dans le regard du chroniqueur[1] qui, spontanément, se permet des échappées vers l'actualité pour

1. En 1888 et 1889, Maupassant continue à fournir de la copie principalement à *Gil Blas.* Les livraisons s'effectuent, pourtant, à un rythme plus sensé qu'au début de la décennie. A cet égard, l'année la plus féconde est 1881 : selon l'édition des *Chroniques* présentée par Hubert Juin (Union Générale d'Éditions, 3 vol., 1980), au cours de cette année de 1881 Maupassant publie 42 chroniques ! Dans les années qui suivent, la production journalistique va descrescendo : en 1882, 36 textes ; 1883, 31 ; 1884, 26 ; 1885, 15 ; 1886, 12 ; 1887, 9 ; 1888, 2 ; 1889, 4 ; 1890, 3 ; 1891, 3.

mieux mettre en relief la psychologie de ses personnages et qui, à partir de cette base, se lance au début du deuxième chapitre du roman dans une analyse socio-politique qui ne manque ni de finesse, ni d'humour. Il y est question, notamment, de la possibilité d'un nouveau conflit entre la France et la Prusse, à la suite de la double provocation de l'affaire Schnaebelé et des activités de la « Ligue des patriotes ».[2] La causerie que Maupassant fait tenir à ses personnages est une manière de les situer dans un paysage politique alors en pleine effervescence boulangiste et de faire ressortir le royalisme intrigant, mais discret, des Guilleroy et leurs acolytes.[3] Situer Maupassant lui-même dans ce paysage est chose moins facile. Si l'on tient compte de la façon dont les personnages de Guilleroy, Musadieu et Corbelle, sont présentés tout au long de la narration, on peut sans crainte se risquer à prétendre que Maupassant n'est pas du même bord qu'eux. Il ne faut pas en déduire, cependant, que Maupassant soutient indirectement la position d'un Déroulède dont il tenait en mépris le revanchisme. Maupassant partage avec

2. La ligue est fondée en 1882 par Paul Déroulède (1846-1914). Dès 1885 il en prend les rênes et ne tarde pas à lui faire adopter un ton ardemment revanchard. Il ne dissimule pas sa profonde désillusion quant au régime républicain ou sa mésentente avec Jules Ferry : pour Déroulède, les aventures coloniales des années 1880, surtout, sont une dangereuse chimère qui ne fait que dissiper les énergies nationales de la France et, par conséquent, différer la reconquête de l'Alsace-Lorraine. A la fin de 1899, Déroulède tentera même un coup d'État, qui ne manquera pas de tourner au ridicule. Sa politique, aux origines populistes, devient progressivement autoritaire. Mais son opposition à la République parlementaire s'avère stérile en fin de compte, vacillant entre une intense opposition au régime républicain et l'impossibilité d'imaginer ou mettre en œuvre une autre formule adéquate. Sur tout ceci et sur l'affaire Schnaebelé voir aussi le commentaire de Louis Forestier (R, 1581-82).

3. Il est difficile pour qui connaît les opinions de Maupassant sur la guerre de ne pas y sentir une nouvelle allusion au pacifisme de l'écrivain. Louis Forestier a raison d'y revenir (R, 1582) et, puisque nous avons déjà évoqué *Boule de suif,* on ne saurait passer sous silence la belle tirade de Mme Follenvie que l'on peut y lire : « Quand il y a des gens qui font tant de découvertes pour être utiles, faut-il que d'autres se donnent tant de mal pour être nuisibles ! Vraiment, n'est-ce pas une abomination de tuer des gens, qu'ils soient Prussiens, ou bien Anglais, ou bien Polonais, ou bien Français ? » *Maupassant : Contes et nouvelles* (Gallimard, Bibliothèque de la Pléiade, 2 vol., 1974 et 1979), ii, 101. Dans « La Guerre », Maupassant déclare que « les hommes de guerre sont les fléaux du monde » (*Chroniques,* ii, 294), s'écriant, plus loin : « L'inventeur de la brouette, Pascal, n'a-t-il pas plus fait pour l'homme par cette simple et pratique idée d'ajuster une roue à deux bâtons que l'inventeur des fortifications modernes, Vauban ? » (ibid., 295-96).

le chef de file des patriotes un certain nombre de points communs politiques : il est anti-démocratique et nourrit de bonne heure des tendances confusément anarchistes. Le plus souvent, pourtant, la définition de la prise de position de Maupassant doit se construire au moyen d'une série de négations. C'est vers Henry Roujon qu'il convient de se tourner une nouvelle fois pour lire ce qui constitue l'explication peut-être la plus complète et la plus intelligente de la pensée politique de l'écrivain :

> *Obéir lui était impossible. Il n'aurait jamais pu servir. S'enrôler, se discipliner lui semblait un supplice. D'où le dédain le plus absolu, le plus enfantin et le plus superbe, des choses de la politique. Avoir une opinion politique, il jugeait cela une infirmité pénible, que la bonne éducation commande de cacher. Je le soupçonne d'avoir été, en dépit de son nihilisme, à base de légitimisme terrien. A certains adages qui lui échappaient, à ses propos sur le passé, on devinait au fond de lui des vestiges de préjugés nobiliaires... Très dédaigneux de la démocratie, il penchait vers une oligarchie vague, où le gorille dont parle Taine, le gorille faiseur de barricades et dynamiteur, était maté par le gorille gendarme, afin que les gens de lettres pussent travailler en paix.*[4]

Il y a, ensuite, dans *Fort comme la mort*, le détachement et l'œil vigilant du philologue qui a enregistré les récentes tendances linguistiques et qui ne craint pas de s'en servir afin de mieux fixer l'actualité de son récit. Ainsi les Corbelle sont-ils présentés comme « la fine fleur du *high-life* » (R, 871 : c'est Maupassant qui souligne). Et un domestique à Roncières de préciser que « M. Bertin est dans le verger, en train de faire une partie de lawn-tennis avec mademoiselle » (R, 944). L'utilisation des mots anglais relève, bien entendu, d'une anglophilie largement répandue pendant ces années fin-de-siècle et Maupassant insiste sur « le goût anglais » (R, 883) de certains bibelots chez la comtesse de Guilleroy et sur les « allures anglaises de sportsman » (R, 880) du marquis de Farandal. L'anglophilie des habitués du salon des Guilleroy, boulevard Malesherbes, se double d'une russophilie, Mme de Guilleroy se servant d'un samovar pour préparer le thé « avec les précautions et les soins

4. *La Galerie des Bustes*, pp. 7-8. Dans l'un des très rares textes consacrés exclusivement à la pensée politique de Maupassant, Pierre Pluchon relève « le désagrément d'un individualiste pessimiste que tous les débordements hérissent ». Voir « La Politique dans l'œuvre de Maupassant », *Revue politique et parlementaire*, no. 764 (février 1966) 48-57 (53).

que nous ont apportés les Russes ». En effet, ce rituel du thé, accompagné de « sandwichs... et de menues pâtisseries autrichiennes et anglaises » (R, 907), indique assez clairement une xénophilie généralisée en matière de comportement et d'usages mondains qui, à son tour, trahit non seulement un engouement anodin et inconséquent pour une mode précise, mais aussi une certaine désorientation quant aux pratiques sociales. C'est un milieu désabusé parce que déboussolé, à la dérive, perdant de vue peu à peu son héritage culturel au-delà des ruptures révolutionnaires et s'en faisant une raison, érigeant les moindres actions en observances.

Mais il y a surtout dans *Fort comme la mort*, et avant tout dans la peinture des personnages, le détachement du sociologue : regard fortement empreint, d'ailleurs, de bergsonisme (très légèrement) avant la lettre.[5] On verra plus loin comment ce regard satirique et ironique relie ce roman aux quatre qui le précèdent. Pour se borner ici au seul exemple de *Fort comme la mort*, il est clair, dans un premier temps, que Maupassant s'adonne à un ludisme onomastique, plus ou moins transparent, afin de souligner la nature spéciale de ses personnages. Certains noms semblent porter en eux comme des vestiges d'allégorie, parfois même de puissants relents d'une métaphore de déchéance. Mais « Musadieu » et « Mortemain », par exemple, renvoient moins à l'échec intellectuel de l'un ou à des qualités de dépérissement chez l'autre, qu'à la fonction de ces personnages dans la structure globale de dégradation à l'étude dans le roman. La duchesse de Mortemain, personnage vivant, excessif, « une grande et forte femme » (R, 870), affairée et autoritaire, prend sa place dans un schéma d'étouffement où la mainmise du beau monde sur Bertin se traduit par une main morte chez l'artiste, son « impuissance à rêver du nouveau » (R, 839). Certes, Musadieu, quant à lui, « ne se consolait point de ce qu'il n'avait pas été » (R, 868). C'est un raté qui, ayant dit un adieu définitif à sa propre muse, se voue également à « une œuvre mystérieuse de fusion entre les mondains et les artistes » (R, 869), stratégie qui n'est pas sans responsabilité dans la déperdition du talent de Bertin.

Le nom, ici, est un fléchage, un emblème, qui vise moins à illuminer une essence intérieure qu'à mettre en avant un trait actantiel dominant, à emballer des attributs qui ne parviennent pas à

5. L'*Essai sur les données immédiates de la conscience* paraît en 1889.

être des propriétés : attribut et propriété étant pris au sens le plus strict. « Corbelle » et « Paradin », pour en citer deux autres exemples, annoncent assez clairement l'importance dans ce roman de la beauté corporelle et la nécessité pour les mondains de bien savoir se montrer, bien que le baron de Corbelle soit « chauve et gros » (R, 871), la baronne « plus que mince » (R, 874) et Mme Paradin invisible, enfermée « toute l'année dans la propriété de son gendre » (R, 843). Les noms se refusent ici à l'innocente transparence, revêtent une certaine agressivité, fonctionnent comme enseigne plutôt que rideau, interpellation plutôt que pudeur, dont le but est de nous racoler, nous contraignant à interroger le poli et l'ordre de leur présentation, à la manière d'un flâneur gagné par le brillant d'une vitrine bien mise. Le nom, en effet, est une plaque ; il est plaqué sur le personnage de façon à bien cerner les seuls éléments à retenir.

Il en va de même dans le domaine du physique, certains personnages portant des traits accusés à tel point qu'ils sont comme des marques visibles de l'environnement ou du passage du temps, quelque chose comme une signature ou des graffiti tracés sur une surface particulièrement plastique et apte à les recevoir. Ainsi le comte de Guilleroy, député à l'Assemblée, relativement jeune encore, a-t-il « autour de la bouche des grands plis circulaires descendant des joues au menton et qu'on eût dit creusés par l'habitude de parler en public » (R, 847). La narration, au moyen de cet « eût dit », se remet en cause en se moquant d'elle-même et en se posant en sourdine la question : une action répétée, peut-elle s'inscrire réellement de cette façon sur un organisme ? La description de Musadieu semble nous encourager à répondre par l'affirmative :

> *Haut, très maigre, portant un gilet blanc, de petits diamants comme boutons de chemise, il parlait sans gestes, avec un air correct qui lui permettait de dire des choses très osées dont il avait la spécialité. Fort myope, il semblait, malgré son pince-nez, ne jamais voir personne, et quand il s'asseyait on eût dit que toute l'ossature de son corps se courbait suivant la forme du fauteuil. Son torse plié devenait tout petit, s'affaissait comme si la colonne vertébrale eût été en caoutchouc ; ses jambes croisées l'une sur l'autre semblaient deux rubans enroulés, et ses longs bras retenus par ceux du siège, laissaient pendre des mains pâles, aux doigts interminables. Ses cheveux et sa moustache teints artistement, avec des mèches blanches habilement oubliées, étaient un sujet de plaisanterie fréquent.* (R, 872).

Aisance, élégance, esprit, troubles oculaires bienséants d'intellectuel : Musadieu est une caricature qui ne manque pas de complexité. Mais ce portrait, plutôt flatteur, frise déjà l'enflure et cède brusquement le pas à un mouvement inverse : Musadieu se dégonfle. Maupassant a beau ponctuer son texte de « on eût dit », de « comme si » et de « semblait », on ne peut plus croire qu'il n'y croie pas. Musadieu ne s'assied pas, il se verse dans son fauteuil. Il ne croise pas les jambes, il se les noue. Faiblesse, abattement, flaccidité : le personnage, apparemment fort de comportements conventionnels observés avec minutie, ne tarde pas à s'écrouler sous leur poids. La description n'est plus une simple plaque, mais un plaquage au sens sportif du terme, Musadieu s'affalant, les jambes fauchées, le corps entier en état d'effondrement, les bras tombant à la verticale, dans un abandon livide et phtisique. La maladie de Musadieu, pourtant, est d'ordre social plutôt que physique. Il « souffre » d'être à deux dimensions. Son corps épouse exactement la forme de son fauteuil, tel un personnage de dessin animé dont les doigts, violemment coincés dans une porte, au lieu de se casser, se conservent en imitant la forme du chambranle. Il s'en faut de très peu, on en a l'impression, que Musadieu ne glisse de son fauteuil vers le sol, tel un foulard de soie, pour y former un petit tas tout flasque. C'est que toute son énergie vitale a été évacuée au profit d'une personnalité imitatrice, un « moi » public. On pourrait dire, en donnant au terme son plein poids gidien, que Musadieu n'a aucune « authenticité ». Il s'agit, en effet, d'un être contrefait. C'est une artificialité dont la narration de *Fort comme la mort*, par ailleurs, fait grand cas : les cygnes qui ornent la surface du lac au parc Monceau sont « aussi propres et calmes que des oiseaux de porcelaine » (R, 897) ; le visage d'une fille solitaire assise sur un banc fait penser à « une figure de cire » (R, 898) ; ou bien, des enfants qui jouent ne sont que de « vivantes poupées enrubannées » (R, 897). Au Cercle, enfin, les escrimeurs combattent « avec une brusque souplesse de pantins mécaniques » (R, 891).[6]

6. C'est ici que le bergsonisme chez Maupassant est le plus en évidence, préfigurant d'une manière surprenante l'analyse que le philosophe proposera, notamment dans *Le Rire* (1900). On relira avec intérêt à la lumière de ce rapprochement le passage remarquable de *Mont-Oriol* (R, 596-98) où il est question de « gymnastique automotrice », le comique de la situation découlant, selon la formule bergsonienne, et ce très précisément, de ce que le « mécanique » est « plaqué sur du vivant ». D'autre part, puisqu'il est question ici de dessin animé et d'êtres mécaniques, il est

Des pantins, donc, plutôt que des personnages. Cela signifie, en clair, des êtres sans fond, sans vérité, mais qui imitent assez bien la forme ; des êtres de mensonge et de paradoxe, dont les carences sont déguisées par des excès ; des êtres versatiles à l'extrême dont les membres et les esprits pendent au bout des fils de la convention sociale. Nous ne sommes pas dans le matérialisme ici, ni dans le déterminisme : il s'agit de fonctionnalisme. Ce n'est point l'environnement ou l'hérédité qui façonnent le personnage maupassantien, du moins non pas dans le sens dont un Balzac ou un Zola auraient investi ces deux termes. Ni milieux, ni aïeux : ce sont les *actions* qui définissent entièrement ces personnages : ils sont ce qu'ils font. Le caractère, dans la mesure où l'on peut dire qu'il existe, est gouverné par la fonction de chaque individu à l'intérieur du système où il opère. Existentialisme ironique, pourtant, car dans *Fort comme la mort*, les fonctions qui gouvernent les personnages sont autant de manifestations de la frivolité. Celle-ci naît, assez logiquement en somme, du désœuvrement qui colle aux semelles de ces Ulysse à bout de ruses pendant leurs interminables errances à travers Paris. L'expression la plus patente et, tout compte fait, la plus saine de cette frivolité, c'est le jeu. A l'escrime que nous avons déjà évoquée, il convient d'ajouter l'équitation, le tennis et le billard.

Sans doute faut-il reconnaître que les contraintes mêmes du jeu peuvent occasionner des expressions ou des mouvements d'une originalité frappante. Pour se servir d'une métaphore plus franchement sportive, nous sommes parfois amenés à constater que certains joueurs sont meilleurs, plus forts que d'autres, qu'ils évoluent sur le terrain avec tous les autres joueurs, mais dans un style tout à fait personnalisé. Un joueur peut faire partie d'une équipe, il n'en demeure pas moins que, souvent, ce joueur fait sien un certain coup, une certaine manière de résoudre les problèmes que son sport par-

difficile de ne pas rappeler « l'armée des balayeurs » d'*Une aventure parisienne* (1881). Ils balayent le trottoir « du même mouvement régulier » et, comme les balais enchantés de *Fantasia*, les balayeurs avancent à un rythme imperturbable, « comme des pantins montés, marchant automatiquement avec un ressort pareil » (R, 335) avec une volonté inflexible, puisque commandée par un principe imposé de l'extérieur. Sur l'escrime, comparer également, lors de l'assaut d'armes chez Jacques Rival, l'extrait suivant de *Bel-Ami* : « Ayant fait le salut d'armes avec des mouvements d'automates, ils commencèrent à s'attaquer, pareils, dans leur costume de toile et de peau blanche, à deux pierrots-soldats qui se seraient battus pour rire » (R, 383).

ticulier peut lui poser. Mais, pour Maupassant, les activités sportives ou ludiques relèvent de la plus parfaite gratuité, et le jeu ne constitue pas une activité créatrice à proprement parler. En effet, le jeu en tant que récréation, comporte invariablement une part de re-création, en ce sens que le joueur est contraint par le règlement d'imiter, de répéter certains gestes, d'obéir à des conventions et de s'exprimer ou de se déplacer en-deça de certaines limites. En d'autres termes, le jeu impose des restrictions, des bornes à la différence possible, réduisant nécessairement l'individualité du joueur. Le style personnel, à en croire Maupassant, est plus apparent que réel. Ce n'est jamais qu'un talent temporaire, un don dosé. Il s'agit d'une originalité qui dépend uniquement et inévitablement des formes imposées par l'activité ludique en question. L'existence du joueur est définie et réglée par le jeu. C'est-à-dire que ce « moi » original n'est, en réalité, qu'un « moi » de circonstance, un « moi » social qui se crée et se défait pour les besoins de la société du jeu — ou, comme on dirait plus couramment, le jeu de société — et à l'intérieur de celle-ci. Le « moi » du joueur est construit par sa position, sa fonction, son rôle dans les structures du jeu. Ceci revient à dire que le joueur consent, le temps de la partie, à endosser une personnalité fictive en somme, à nier toute tentative pour recouvrir une « essence », toute prétention à un « moi » permanent, essentiel, qui serait autre chose qu'un « moi » défini par autrui.[7]

Dans le cas des personnages de *Fort comme la mort*, cette situation est encore plus nette dans la mesure où nous ne voyons jamais ces personnages, pour ainsi dire, hors du terrain. Ils n'arrêtent pas de jouer, l'esprit ludique ayant envahi tous les aspects de leur existence quotidienne, chaque facette de celle-ci étant l'occasion d'une nouvelle facétie. Dans le grand tournoi que représente la vie mondaine, l'amateurisme est parfaitement absent. Les joueurs ici sont tous des professionnels, des inconditionnels. Plus encore, ils en sont là puisqu'ils n'ont plus le choix, la plupart d'entre eux étant inconscients du caractère gratuit de leurs actions qui sont obstinément investies de motivation même lorsqu'elles sont totalement dépourvues de plaisir. Ces êtres qui participent au grand jeu parisien abandonnent leur sensibilité et toute spontanéité de sentiment. A force

7. Sur le « ludisme » voir Johan Huizinga, *Homo ludens* (Londres, Paladin, 1970).

de jouer le jeu, ils y croient et deviennent incapables de réagir d'une manière sincère ou instinctive, se réfugiant dans le code du jeu, s'abritant sous une pudeur qui permet de s'insérer dans la société et de dominer les autres. C'est le cas, par exemple, chez une Michèle de Burne dans *Notre cœur* (1890), dont les sentiments autant que les actions ou les opinions sont devenus de simples jetons glissant sur la surface de cette société parisienne, lisse comme de la porcelaine, où tout se reflète et rien ne peut pénétrer. Les sentiments relèvent de la futilité générale et se déplacent un peu à la façon des balles que Guilleroy et Bertin s'amusent à faire mouvoir sur une table de billard un soir chez le comte.[8]

En nous présentant des personnages dont la vie est entièrement réglée par le rituel, le but de Maupassant n'est donc pas uniquement de dénoncer le côté routinier de l'existence urbaine.[9] A travers les Guilleroy, les Corbelle, Musadieu et les autres, Maupassant saisit une nouvelle fois, il est vrai, l'occasion pour passer au crible les conséquences abrutissantes d'une vie mécanique. L'analyse en est pourtant affinée pour aborder les effets anesthésiants de l'habitude sur des intelligences supposées hors du commun et, dans la foulée, Maupassant ridiculise les snobismes, tout le paraître de la vie des salonnards.

Mais la portée de son analyse s'étend bien plus loin encore, car c'est *l'être* de ses personnages autant que leur comportement ou leur paraître qui est factice : ils vivent en retrait par rapport à eux-mêmes. Les marques de cette facticité sont disposées en plusieurs rangs superposés. Au premier, nous retrouvons l'hypocrisie bienveillante et correcte d'un Musadieu qui, en apprenant la mort de Mme Paradin, mère de la comtesse de Guilleroy, se précipite afin d'être parmi les « premiers à lui présenter "l'hommage de sa douloureuse sympathie" » (R, 955). Au deuxième niveau, on rencontre la causerie de Musadieu et de la duchesse de Mortemain, causerie qui est comme leur partie de billard à eux, pendant laquelle « ils jouaient aux idées comme on joue à la balle, sans s'apercevoir qu'ils se renvoyaient toujous les mêmes » (R, 875). Au troisième et plus

8. Voir le passage dans *Mont-Oriol* (R, 496) où Maupassant s'était déjà servi de la même image pour communiquer la futilité de l'existence de Pétrus Martel, directeur du Casino à Enval et son adversaire passionné M. Lapalme.

9. Le train-train abêtissant de la vie quotidienne à Paris est, en 1881 déjà, le sujet du conte *En famille,* par exemple.

haut degré nous devons placer les réactions de la comtesse de Guilleroy à la suite de sa première soumission à Olivier Bertin. Elle se sauve du studio de l'artiste en courant, fait avancer un fiacre et, pour se laisser un temps de réflexion avant de rentrer chez elle, demande au cocher de la promener, n'importe où, à travers les rues de Paris. A l'intérieur de la voiture, la comtesse hésite avant de peser les conséquences de son comportement, « comme un homme tombé d'un toit et qui ne remue point encore, devinant qu'il a les jambes brisées et ne le voulant point constater ». Après quelques instants, pourtant, elle se permet d'y penser :

> *Mais au lieu de s'affoler sous la douleur qu'elle attendait et dont elle redoutait l'atteinte, son cœur, au sortir de cette catastrophe, restait calme et paisible ; il battait lentement, doucement, après cette chute dont son âme était accablée, et ne semblait point prendre part à l'effarement de son esprit.*
>
> *Elle répéta, à voix haute, comme pour l'entendre et s'en convaincre : « Voilà, je suis une femme perdue. » Aucun écho de souffrance ne répondit dans sa chair à cette plainte de sa conscience* (R, 858).

Dans une analyse de la « nouvelle » Parisienne que Maupassant va creuser considérablement l'année suivante dans son sixième et dernier roman (complété), *Notre cœur*, Anne de Guilleroy s'efforce de faire naître en elle-même un sentiment de culpabilité sans toutefois y parvenir. Elle insiste, frappant plusieurs fois sur sa conscience, qui rend chaque fois le même son creux.

Or, Anne de Guilleroy n'est pas une méchante femme. Elle n'est pas encore, justement, Michèle de Burne, ni monstre sans scrupules, ni diabolique. Certes, chez elle, elle se laisse gentiment admirer par des soupirants, dont la plupart sont d'ailleurs sans grande conviction, mais elle ne songerait pas à les aguicher sérieusement et cherche à peine à meubler d'une véritable aventure le vide affectif qui l'entoure. Elle est même plutôt bien mariée : chose rare chez Maupassant ! C'est un mariage de convenance, bien entendu, mais qui a cet avantage précieux de convenir réellement aux deux partis intéressés. En femme intelligente, lorsque le comte de Guilleroy lui fut présenté comme mari possible, Anne Paradin « comprit aussitôt les avantages que ce mariage lui apporterait, et les admit sans aucune contrainte ». Elle dort bien la nuit à la suite de ses séances de coquetterie au salon, « en femme qui a accompli sa mission sur terre » (R, 851). Son existence mondaine ne lui déplaît pas. Son mari ne la gêne pas outre mesure. Bref, elle est contente. Pourquoi donc verse-t-elle si rondement dans l'adultère ? Pourquoi donc en éprouve-t-elle un remords si fragile ?

Pour ce qui est du premier, il n'y a pas de grand mystère : pas de roman d'amour sans histoire d'amour. En se donnant à Olivier Bertin, Anne de Guilleroy cède, dans un tout premier temps, aux besoins de l'intrigue ! Mais elle cède aussi à « tout ce qu'il avait en lui de nouveau pour elle ». Cette nouveauté, affublée d'une réputation bigarrée et secondée par « une pensée alerte et cultivée » (R, 851), mène droit à l'intimité. Et pourtant, on ne saurait faire abstraction de la misogynie de Maupassant et laisser entendre que c'est Olivier Bertin qui est la véritable origine de la séduction. En devenant la maîtresse de Bertin, Anne de Guilleroy cède, avant tout, à une fatalité de la psychologie féminine (à la Maupassant), en mettant « dans toutes ses manières avec lui, dans ses regards et ses sourires, cette glu de séduction que répand autour d'elle la femme en qui s'éveille le besoin d'être aimée » (R, 851-52).

Pour ce qui est du remords ou, plus précisément, du défaut de remords, la réponse est également à chercher dans la psychologie, mais générale plutôt que féminine. L'absence de culpabilité que la comtesse de Guilleroy se reconnaît avec étonnement, équivaut à une parfaite indifférence. Or, elle est indifférente envers son mari et son mariage non pas tant par cruauté, que parce que le cadre nécessaire lui manque afin de générer tout autre sentiment dans une telle situation. C'est que le système de conventions qui gère le comportement des personnages n'articule aucun scrupule ou code moral. Il ne fait que s'articuler lui-même. Sa seule justification est qu'il constitue *un système* qui permet de se placer, de trouver son niveau ; bref, de jouer son rôle, un rôle, n'importe lequel. Tels les signes du système linguistique saussurien, ces personnages n'atteignent le sens que grâce à leur appartenace à la structure. Il s'agit là de pur formalisme social. Le fond importe très peu, l'arbitraire des procédés étant signalé par les « spécialités » des personnages. Ces spécialités ne sont pas motivées, elles se font arbitrairement, se justifiant uniquement par *la nécessité d'avoir une fonction quelconque.* La spécialité de Musadieu est de « dire des choses très osées » (R, 872), celle de Guilleroy de faire autorité sur « toutes les questions agricoles » (R, 841), alors que Bertin, bien entendu, est le spécialiste des tableaux de jolies dames parisiennes. La société parisienne établit une liste de fonctions que l'on peut remplir comme on dit, à tour de rôle, selon ses capacités et compétences. Comme le théâtre, cette société vit de conventions.

En effet, en réunissant « jeu » et « convention », Maupassant profite de la polysémie dans la notion de ludisme et souligne l'aspect nettement théâtral du comportement de ses personnages. Chez eux, l'absence de spontanéité et de sincérité n'est jamais la franche duperie que la vie en société nous impose parfois à tous, ni la préméditation raisonnable que certains engagements ne peuvent manquer de nous exiger. L'artifice et la codification ont investi l'existence entière de ces personnages et de leur ville, envahissant jusqu'aux derniers coins et recoins de leur conduite de tous les jours. Le parc Monceau, « ce bijou de parc élégant, étalant en plein Paris sa grâce factice » (R, 896), constitue le lieu de flânerie par excellence où les Parisiens, devant le travail des jardiniers, admirent, « comme on admire au théâtre le spectacle de la vie, cette aimable représentation que donne, en plein Paris, la belle nature » (R, 896-97). Si la ville évoque un décor de théâtre, les mondains dans leur collectivité sont autant de figurants qui l'arpentent, la promenade quotidienne au Bois, notamment, faisant penser à « quelque représentation » (R, 889). Plus près de l'avant de cette scène parisienne se trouvent, ça et là, quelques groupes de personnages secondaires. Les invités des soirées chez les Guilleroy se comportent envers leur hôtesse « comme des acteurs » (R, 851) et les peintres au vernissage du Salon sont « en représentation » devant leurs tableaux, leur jeu étant caractérisé par « des exclamations et une mimique énergique de connaisseurs » (R, 910). Le comte de Landa, également, se dandine au Bain Turc « comme un lutteur romain, fier de son énorme poitrine et de ses gros bras croisés dessus » et s'y croit « sur la scène comme un acteur applaudi » (R, 990).

Le vouloir-paraître des personnages de *Fort comme la mort*, ce défilé de mannequins, ce côté un peu poseur et « m'as-tu-vu » de certains comportements dans les hauts lieux de la mondanité, nous surprend tout particulièrement par la littéralité de l'image théâtrale utilisée. L'entrée dans le monde d'Annette de Guilleroy, par exemple, ne relève pas d'un simple cliché social, mais constitue un coup méticuleusement monté, un spectacle bien répété. Un soir chez les parents d'Annette sont réunis Musadieu, la duchesse de Mortemain, les Corbelle et le comte de Guilleroy. On s'étonne de l'absence de la comtesse. Son mari ayant expliqué qu'il y a une surprise, Musadieu se met à disserter sur un point d'actualité. Au beau milieu de son compte rendu :

> *la porte du grand salon s'ouvrit de nouveau, toute grande, et deux femmes en toilette de dentelle blanche, blondes, dans une crème de malines, se ressemblant comme deux sœurs d'âge très différent, l'une un peu trop mûre, l'autre un peu trop jeune, l'une un peu trop forte, l'autre un peu trop mince, s'avancèrent en se tenant par la taille et en souriant* (R, 872).

Et comme au théâtre, on applaudit. Il faut dire que la fille est à bonne école, car la mère, également, avait très bien su machiner sa propre entrée bien des années auparavant. C'est aussi Anne de Guilleroy qui, à la suite de ses premières étreintes avec Bertin, se décide, pour sauver les apparences, à jouer envers lui « l'hypocrite comédie de l'indifférence et de l'oubli » (R, 858-59). C'est encore Anne de Guilleroy qui, plus tard, soigne son visage « avec des procédés d'actrice » (R, 918) afin de conserver son pouvoir sur l'artiste. Et c'est toujours Anne de Guilleroy qui se complaît dans les attentions d'une modiste, se réjouissant à la pensée « de tous les détails de cette minutieuse répétition, dans ces coulisses de la vie parisienne » (R, 953). Doit-on s'étonner dès lors si la petite Annette, quelques jours seulement après son insertion dans la société mondaine, se met déjà à jouer avec sa mère « d'instinct, de petites scènes de grâce » (R, 918) ?

L'entrée dans le monde d'Annette de Guilleroy remplit une autre fonction importante dans le roman, en ce sens qu'elle fournit un prétexte pour un portrait satirique de la vie mondaine. Ce portrait sera tracé, comme il se doit, par le célèbre portraitiste, Olivier Bertin, à l'occasion du dîner qui fête le retour d'Annette à Paris. Le peintre, dans une description humoristique provoquée par la causerie futile des invités, met en évidence pour les tirer de façon habile et parfois violente, les fils auxquels pendent les mondains, faisant ainsi accomplir à ses marionnettes des mouvements assez grotesques :

> *Écoute bien, Nanette. Tout ce que nous disons là, tu l'entendras répéter au moins une fois par semaine, jusqu'à ce que tu sois vieille. En huit jours tu sauras par cœur tout ce qu'on pense dans le monde, sur la politique, les femmes, les pièces de théâtre et le reste. Il n'y aura qu'à changer les noms des gens ou les titres des œuvres de temps en temps. Quand tu nous auras tous entendus exposer et défendre*

> *notre opinion, tu choisiras paisiblement la tienne parmi celles qu'on doit avoir, et puis tu n'auras plus besoin de penser à rien, jamais ; tu n'auras qu'à te reposer* (R, 875).

Dans un tableau aussi sinistre que satirique, Bertin fait apparaître toute l'inanité de la vie mondaine, son côté monotone et reclus, l'absence de toute véritable nouveauté et l'interchangeabilité absolue des membres et des événements de cette société fondée sur l'arbitraire. Bertin fait allusion, notamment, à la ressemblance entre la vie mondaine et une pièce de théâtre. C'est une pièce où il est donné à Annette de Guilleroy de choisir le rôle qui lui plaît le plus, ensuite de l'apprendre et, enfin, d'entrer sur scène afin de jouer son rôle tous les jours. Pourtant, c'est aussi une pièce où, au-delà du contentement béat des acteurs, Bertin entrevoit le spectre d'une angoisse qui les attend tous, peut-être.

Encore faut-il reconnaître que la plupart des personnages vivent dans la plus sincère inauthenticité à l'intérieur de leur vacuité intellectuelle et culturelle, et qu'ils ne seront peut-être jamais amenés à une prise de conscience. La duchesse de Mortemain et Musadieu, par exemple, repoussent immédiatement les observations de Bertin, « au nom », commente ironiquement la narration, « de la pensée et de l'activité humaines » (R, 875). Le peintre poursuit, toutefois, son analyse, démontrant que les gens du monde sont « des êtres légers et gentils, mais banals », que « rien chez eux n'est profond, ardent, sincère » et qu'ils sont « impuissants à jouir ardemment de rien ». Et le baron de Corbelle, cette fois-ci, de « prendre la défense de la bonne compagnie » (R, 876). Mais Bertin renchérit, décrit une journée typique dans la vie d'un mondain dont « l'unique souci [est] de saluer et d'être salué » et en vient à la conclusion que dans le monde « on fait le simulacre de tout, même du rire ». C'en est trop pour Musadieu qui rappelle à Bertin que le peintre profite volontiers du milieu qu'il est en train de satiriser. Bertin en convient aisément et ne cherche même pas à se défendre, disant toute son affection pour la société mondaine, mais rajoutant qu'il se « méprise un peu comme un métis de race douteuse » (R, 877).

La diatribe plaisante de Bertin, à la lire et à la relire, constitue bien l'un des morceaux de bravoure de *Fort comme la mort*. Elle nous intéresse d'autant plus qu'elle est hantée par l'équivoque. D'un côté, il semble que Bertin se soit détaché du monde et de ses vacuités. Et pourtant, d'un autre côté, il côtoie cette prise de conscience sans jamais l'assumer pleinement. Il y a une certaine faiblesse dans sa force, une mauvaise foi par rapport à la lucidité de son analyse. C'est un personnage qui a cessé de se battre contre la bêtise ambiante, qui se laisse enfoncer dans tout ce velouté mondain sans pouvoir jamais oublier tout à fait qu'il y vit en parvenu et que les comtes et duchesses chez lesquels il dîne considèrent « les artistes et les savants comme des mercenaires intelligents chargés par Dieu d'amuser les gens du monde ou de leur rendre des services » (R, 872) : d'où, chez Bertin, une mauvaise conscience et une certaine vulnérabilité. Cette dernière, surtout, ne manquera pas de piéger l'artiste.

Pourtant, ces observations n'épuisent pas l'équivoque de cet épisode. Car on peut, par ailleurs, vouloir se poser la question suivante : est-ce Bertin ou Maupassant qui parle ici ? L'un fait parler l'autre, bien entendu, et si on rapproche les observations de Bertin ici, et celles que le narrateur fait ailleurs dans le roman, il est clair que l'intervention satirique de Bertin constitue l'un des endroits dans le livre où il est le plus difficile de séparer les deux, où Bertin sert indubitablement de porte-parole à Maupassant.[10] En effet, ni le personnage, ni l'auteur ne sont dupes des influences mondaines. Le cynisme de Bertin par rapport à la futilité qui l'entoure, prouve bien que personnage et (donc) auteur savent s'en garantir. Mais, en est-il toujours ainsi ? Dans quelle mesure est-il possible de voir en Bertin une simple version romancée de Maupassant ? Quelle est la distance qui les sépare ? Il est évident que pour répondre à ces questions, une analyse plus détaillée du personnage de Bertin s'impose.

10. Louis Forestier revient à juste titre sur les ressemblances entre le passage que nous examinons ici et certaines déclarations du récit de voyage *Sur l'eau* (1888). Voir R, 1584 (n. 1 de la page R, 876).

III

Olivier Bertin : Duroy dans la descente

Les derniers romans de Maupassant ne sont pas une excroissance passagère ou insolite, ni même une poignante parole d'adieu. On ne saurait trop insister, face aux lectures qui en font le grand tournant technique de l'auteur, sur la continuité de la méthode et des idées, les affinités entre *Fort comme la mort* et les quatre romans qui le précèdent étant bien plus nombreuses que les éléments de disjonction.

On relève, en effet, un nombre considérable de points d'intersection. Lorsque, par exemple, la comtesse de Guilleroy, en proie aux premiers doutes sur sa belle beauté, fait venir son médecin afin de calmer sa fièvre narcissique, la description du docteur évoque nécessairement celles des charlatans sophistiqués de *Mont-Oriol,* notamment les docteurs Black et Mazelli. De même, quand le narrateur de *Fort comme la mort* nous montre cette « bouillie de monde grouillante et bruissante » (R, 910), ou cette « pâte vivante » (R, 913) qui assiste au vernissage du Salon, comment ne pas songer à Duroy se promenant à Paris et cette « foule [glissant] autour de lui, exténuée et lente » (R, 200), ou à « cette foule d'hommes » et « ce flot de mâles » (R, 208) qui hante les Folies-Bergère ?[1] Ou

1. Manque d'imagination ou souci majeur que cet étrange atavisme narratif ? En dernière analyse, il est clair que ces similitudes sont autant de confidences

encore, le narrateur de *Fort comme la mort*, faisant allusion à la conversation mondaine lors d'un grand dîner chez les Guilleroy, constate que soudain elle « devint générale, effleura tout, banale et douce, amicale et discrète » (R, 878), ce qui n'est pas sans rappeler le narrateur de *Bel-Ami* qui relève le caractère frivole de la causerie à table chez les Forestier, « accrochant les idées les unes aux autres, sautant d'un sujet à l'autre sur un mot, un rien, après avoir fait le tour des événements du jour et avoir effleuré, en passant, mille questions » (R, 216). Ou bien, enfin, la triste réflexion de Bertin sur son état de célibat, éprouvant « le désir de la famille, d'une maison animée, habitée, du repas en commun » (R, 882), ainsi que son attachement pour la maison des Guilleroy où « il pouvait encore reposer et dorloter sa solitude » (R, 883), font écho aux lamentations du vieux poète-célibataire de *Bel-Ami*, Norbert de Varenne, qui donne ce conseil au jeune Duroy : « Mariez-vous, mon ami, vous ne savez pas ce que c'est que de vivre seul à mon âge. La solitude, aujourd'hui, m'emplit d'une angoisse horrible » (R, 301).[2]

Mais, au-delà de ces détails, on est surtout frappé, dans ce roman qui prend la ressemblance comme l'un de ses principaux thèmes, par de nombreuses ressemblances entre les personnages ici et ceux des romans précédents. Bien des personnages de *Fort comme la mort* offrent d'abondantes possibilités de comparaison avec des

sur les principaux soucis de l'auteur. On est même en droit de parler de hantises et d'obsessions, vu la discrétion qui accompagne ces répétitions. Sur la question des foules, la lecture attentive des *Chroniques* confirme cet intérêt obsessionnel. Les articles « Enthousiasme et cabotinage » (*Chroniques,* i, 224-28) et « Les Foules » (*Chroniques,* ii, 15-19) en sont les expressions les plus détaillées, mais on consultera également dans l'édition de Hubert Juin les pages suivantes qui comportent toutes des références, péjoratives sans exception, à la foule : (tome i) 21, 23, 35, 41, 43, 106, 115, 119, 145, 154, 178, 179, 180, 218, 260, 312, 343, 375, 408, 412, 430 ; (tome ii) 117, 120, 138, 164, 304 ; (tome iii) 110, 234, 287.

2. Un lien phonologique également : Nor(bert)in. Louis Forestier n'a pas négligé ces liens entre notre texte et ceux qui le précèdent. Voir : la note 2 pour la page 839 (R, 1575) ; n. 3, p. 844 (R, 1577) ; n. 1, p. 847 (R, 1578) ; n. 1, p. 850 (ibid.) ; n. 1 et n. 2, p. 868 (R, 1581) ; n. 2, p. 872 (R, 1583) ; n. 2, p. 879 (R, 1584) ; n. 7, p. 884 (R, 1586) ; n. 1 et n. 3, p. 886 (R, 1587) ; n. 1, p. 892 (ibid.) ; n. 1, p. 902 (R, 1589) ; n. 1, p. 905 (ibid.) ; n. 1, p. 909 (R, 1590) ; n. 1, p. 920 (R, 1594-5) ; n. 1, p. 921 (R, 1595) ; n. 1, p. 925 (ibid.) ; n. 1, p. 931 (R, 1596) ; n. 1 et n. 2, p. 946 (R, 1597) ; n. 1, p. 956 (R, 1598) ; n. 1, p. 958 (ibid.) ; n. 1, n. 3 et n. 4, p. 988 (R, 1601) ; n. 1, p. 997 (R, 1603) ; n. 1, p. 1025 (R, 1609) ; n. 1, p. 1028 (ibid.).

personnages dans un ou même plusieurs des romans antérieurs de Maupassant, que ce soit dans le domaine de l'onomastique, du dialogue ou de la fonction narrative. Le nom « Guilleroy », par exemple, évoque fatalement pour le lecteur assidu de Maupassant le nom du personnage principal de *Bel-Ami*, Georges Duroy.[3] Ce lien onomastique signale, d'une part, la longévité d'un type de personnage que, sans qu'il lui soit particulier, Maupassant a fini par faire un peu sien : à savoir, le bel aventurier parisien, boulevardier plus ou moins don Juan, plus ou moins véreux.[4] D'autre part, cette permanence même ne peut manquer de témoigner à la fois de la précision et de la stabilité de l'analyse sociale de l'écrivain : Maupassant ne veut-il pas laisser entendre que ce « comte » Guilleroy doit sa noblesse à l'argent et à la femme tout autant que le « baron » Duroy ? On objectera, à juste titre, que la famille Guilleroy possède des terres dans l'Eure ainsi qu'une imposante demeure et nous sommes réellement tentés de croire que la famille Guilleroy fait partie de l'ancienne noblesse. Le comte, toutefois, vit chichement à Paris, « thésauriseur prudent logé dans un simple appartement quand il aurait pu vivre en grand seigneur dans un des plus beaux hôtels de Paris » (R, 879). Guilleroy est un noble économe. Il conserve, ainsi, le principal instinct des Normands de Maupassant et,

3. Ce nom évoque, également, le prénom de l'écrivain lui-même. Dans un troisième temps, le nom « Guilleroy » fait penser aussi à « la Guillette », la maison à Etretat que Maupassant put faire construire en grande partie grâce aux droits d'auteur perçus sur les ventes de *Bel-Ami*. « La Guillette » peut facilement renvoyer, aussi, si nous en avons le désir, à toute une mythologie maupassantienne : Maupassant homme à femmes, ou même homme-fille, pour ne citer qu'une possibilité. Or, pour peu qu'on s'appelle « Guy », « la Guillette » est un nom volontiers narcissique, mais assez peu original en somme, voire franchement banal pour sa résidence, secondaire ou autre, frôlant les « Belle Vue » et les « Au Bon Repos ». « Guilleroy » peut donc être un produit du même narcissisme, comme il peut être, chez cet écrivain ludique, une façon d'intégrer un remerciement pour la Guillette que le succès de Duroy avait permis de faire construire et qu'une certaine fierté avait déjà poussé Maupassant à inscrire au bas de l'essai « Le Roman » en septembre 1887...

4. Dans son article « Le Pessimisme dans le Roman » (*La Revue des Deux-Mondes,* 1er juillet 1885, 214-26), Ferdinand Brunetière, pour sa part, n'hésite pas à accorder au personnage de Georges Duroy une grande importance et à désigner *Bel-Ami* comme le « chef-d'œuvre » du naturalisme (216).

sans être un parvenu à part entière, il se présente bien comme un avatar tardif du hobereau.[5]

Dans le personnage du marquis de Farandal, par contre, nous retrouvons la vieille noblesse traditionnelle et terrienne. C'est un personnage qui évoque de manière plus ou moins précise toute une lignée de jeunes maraudeurs maupassantiens, parmi lesquels Gontran de Ravenel (*Mont-Oriol*). Farandal, cependant, évoque plus que tout autre le marquis de Cazolles de *Bel-Ami*. Ce dernier, « grand garçon mince, à favoris blonds, un peu chauve, avec cet air mondain qu'on reconnaît partout » (R, 440) et le marquis de Farandal, « grand garçon à moustaches rousses, un peu chauve déjà, taillé en officier, avec des allures anglaises de sportsman » (R, 880), sont à ne plus en douter coulés dans le même moule. Cazolles, lui, est plus effacé, peut-être, moins robuste que Farandal. Il n'en reste pas moins qu'à l'égard de leur apparence physique, les deux marquis, sans être des frères jumeaux, exhibent une forte ressemblance familiale. C'est une ressemblance qui en dit long sur la technique de Maupassant et il est évident, pour qui chercherait à faire de ses romans des romans à clefs que l'auteur s'inspirait du même modèle au moment de la composition des deux descriptions. C'est également une ressemblance, une répétition qui, en dehors de toute véracité par rapport à un sujet vivant, met l'accent sur des traits supposés typiques d'une certaine « race » sociale : à savoir la haute noblesse ruinée, conquise par la noblesse d'Empire ou par la grande bourgeoisie. La grâce d'un Cazolles ou la solidité physique d'un Farandal ont du mal à masquer complètement une calvitie naissante : marque d'une distinction qui évoque la gentry anglaise — solennel point de repère de l'époque — mais marque aussi d'une certaine veulerie, quelque chose comme un avachissement génétique que complète une espèce de niaiserie élégante dans le geste et dans la parole. En effet, toute la renommée de Farandal, son seul véritable état, ruiné comme il est, pro-

5. L'allusion au côté intrigant du personnage est renforcée, d'ailleurs, par une pointe ironique qui associe le comte de Guilleroy au grand parvenu de *Bel-Ami* : le député Laroche-Mathieu. Celui-ci fait preuve d'une « éloquence liquoreuse de beau garçon bien coiffé » (R, 408) nous faisant penser, chez Guilleroy, à cette « abondance de phrases qui [révèle] l'orateur » (R, 847). De même, Laroche-Mathieu, homme politique « de nature douteuse, comme il en pousse par centaines sur le fumier du suffrage universel » (R, 367) fait penser, chez Guilleroy, à « l'homme vulgaire et phraseur » (R, 859).

vient de ce qu'il est connu comme « un des plus convoités meneurs de cotillon d'Europe » (R, 879).[6] Mais c'est précisément cette superbe futilité arrogante et ses muscles, formés par le sport, développés et modelés par la chasse et par les armes, entretenus au Bain Turc, qui sont autant de témoins que nous avons affaire ici à « un de ces hommes dont tous les membres sont plus exercés que la tête » (R, 880), un homme qui doit s'imposer « une grande tension d'esprit » lorsqu'il est question d'apprendre « l'ABC de la sociologie à l'usage des classes dirigeantes » (R, 881). Pur-sang et petit esprit, Farandal, malgré une réelle vigueur, manifeste déjà les signes avant-coureurs d'une dégénérescence biologique née d'unions consanguines, ainsi qu'une dégénérescence financière née d'une parfaite ignorance des structures d'une économie de marché : tendances que de nouveaux croisements cherchent à renverser.[7] Le but de ces nouveaux croisements, bien entendu, est d'attirer du sang neuf, mais aussi et surtout de l'argent. Le marquis de Farandal cherche à devenir l'époux de Suzanne Walter, pour des raisons expressément financières.

En effet, si le couple Farandal-Annette de Guilleroy fait immédiatement venir à l'esprit le couple Cazolles-Suzanne Walter, il n'en devient que plus clair qu'Annette, elle aussi, prend sa place dans une série de personnages très semblables. D'une façon générale, Annette nous fait penser à un grand nombre de jeunes personnages féminins chez Maupassant, enjoués, spirituels, parfois taquins. Mais parmi toutes les références possibles, il en est deux, surtout, qu'il faut retenir et approfondir : Suzanne Walter, que nous avons

6. Ce qui constitue, donc, sa « spécialité » à lui. D'ordinaire, on le fait venir au bal afin de le « couronner par des tours de valse » (R, 879) ; mais sous l'impulsion onomastique, pourquoi pas une farandole ?

7. Maupassant entreprend l'étude de l'imprudence financière dès 1883, dans *Une Vie,* où nous apprenons que la générosité de la famille le Perthuis des Vauds « tarissait l'argent dans leurs mains comme le soleil tarit l'eau dans des marécages » (R, 7). Cette gentille témérité revêt, dans les romans ultérieurs, des formes de moins en moins flatteuses, passant, avant d'atteindre la prodigalité du père de Farandal, par la superbe fatuité d'un Gontran de Ravenel qui déclare à son beau-frère, le banquier thésauriseur William Andermatt : « mon grand-père, le marquis de Ravenel, n'a presque rien laissé à mon pauvre père, par suite de la mauvaise habitude qu'il avait de ne jamais ramasser la monnaie rendue par les marchands quand il payait un objet quelconque. Il trouvait cela indigne d'un gentilhomme, et donnait toujours la somme ronde et la pièce entière » (R, 632).

déjà évoquée, et Charlotte Oriol.[8] Annette partage avec ses deux prédecesseurs une grande beauté, ainsi qu'une certaine intelligence teintée d'espièglerie. Ces trois jeunes premières nanties représentent trois faces de la jeune nature féminine selon Maupassant : trois faces apparaissant successivement, mais qui, dans la pratique, se superposent pour n'en faire qu'une. La première de cette série, Suzanne, est « une frêle poupée blonde » (R, 377), « un Watteau frais, verni » (R, 380), qui possède, pourtant, « un esprit agile et malin, imprévu et sournois » (R, 411). Charlotte Oriol, elle, est d'une beauté frappante, « d'une fraîcheur de fleur à faire frémir d'envie les lèvres » (R, 541), tout en faisant preuve d'un « esprit sournois et drôle » (R, 544). Et c'est ce même mélange de sournoiserie et de beauté captivante que nous retrouvons, une troisième fois, chez Annette de Guilleroy. Dès ses toutes premières conversations avec la fille de sa maîtresse, Olivier Bertin est amené à constater qu'Annette, « une jolie petite personne nouvelle, prête aux hasards et à l'amour » (R, 886) possède « un œil malin, où vivait une intelligence jeune, alerte, tenue en laisse et prête à partir » (R, 875). Dans une très grande mesure, les petites variations d'un personnage à l'autre sont dictées par le ton dominant du contexte : l'artificialité de Suzanne étant une fonction du thème de l'artifice à l'étude dans *Bel-Ami*, le naturel du milieu rural de *Mont-Oriol* se répercutant dans la fraîcheur florale de Charlotte, alors que ce sont les notions de jeunesse et de nouveauté qui sont mises en avant chez Annette, articulant ainsi un des pôles d'une opposition de base entre jeunesse et vieillesse. S'il est question chaque fois de légères modulations d'accent et d'intensité, c'est néanmoins le même air qui revient à trois reprises.

Cette persévérance, pour ne pas dire cet entêtement à mettre en mouvement des personnages qui font si complètement allusion les uns aux autres mérite de s'imposer à notre curiosité. Car un tel procédé contient nécessairemet l'avis ou l'aveu d'un projet esthétique durable dont les trois romans en question constitueraient trois

8. Ici, encore, il est possible que ce second « type » maupassantien soit une pure invention de la part de l'auteur. Comme dans le cas de Cazolles-Ravenel-Farandal, pourtant, il est tout aussi probable que cette ressemblance dans plusieurs textes composés à quatre ou cinq années de distance, provienne de ce que Maupassant se servait du même modèle, plutôt que de son « impuissance » à produire autre chose que des caricatures...

étapes progressives, ou trois faces complémentaires : un projet où, en effet, la persistance de certains éléments annonce, par enchaînement logique, l'existence d'une structure ou d'une « équation » narrative globale. Ainsi, faisant pendant à Suzanne Walter dans *Bel-Ami*, avons-nous sa sœur, Rose, « laide, plate, insignifiante, une de ces filles qu'on ne voit pas, à qui on ne parle pas, et dont on ne dit rien » (R, 377).[9] Cette opposition entre deux sœurs, l'une sensuelle, l'autre frigide, se retrouve sous une forme modifiée dans *Mont-Oriol*, où la sœur de Charlotte Oriol, Louise, sans être frigide, est « plus distinguée » (R, 520), avec une voix plus « sage » et une attitude plus « grave » (R, 538).[10] De l'opposition entre la sensualité et la frigidité découle, donc, un nouveau contraste entre une nature spontanée et une autre plus réfléchie : un contraste que Maupassant soumettra à une analyse beaucoup plus poussée dans les personnages d'Élisabeth Ledru et Michèle de Burne dans *Notre cœur*.

De l'étude de la femme, tantôt distante et cérébrale, tantôt charnelle et instinctive, surgit, par contrecoup, l'étude du mâle volage qui oscille entre ces deux pôles de la féminité, s'engageant et se dégageant tour à tour. *Mont-Oriol*, à cet égard, est un cas particulièrement inextricable. Ici, des intrigues et des machinations donnent lieu à des contrats de mariage, qui sont faits, défaits et refaits, se résolvant dans une espèce de chassé-croisé à l'issue duquel Gontran épouse Louise Oriol, alors que Brétigny, en pis-aller ou presque, prend la sœur cadette, Charlotte, une fois qu'il s'est extirpé de sa liaison avec Christiane de Ravenel dont la récente maternité s'accorde mal aux effusions versatiles du jeune dilettante. De même, Georges Duroy a déjà esquissé la même figure évasive, poursuivant Mme Walter, la séduisant pour l'abandonner par la suite, cédant à la tentation d'une nouvelle proie en la personne de Suzanne. Ici, encore, *Fort comme la mort* étend la séquence. On pourrait même affirmer qu'il l'achève, en portant à son point le

9. Le portrait de Rose Walter apparaît bien comme une reprise, déjà, du portrait de Tante Lison dans *Une Vie* : « c'était un de ces êtres qui demeurent inconnus même à leurs proches, comme inexplorés, et dont la mort ne fait ni trou ni vide dans l'existence, ni dans les habitudes, ni dans l'amour de ceux qui vivent à côté d'eux » (R, 38).

10. On notera la stabilité phonologique dans cette opposition : d'un côté, Lise (Lison), Rose et Louise ; de l'autre, Suzanne (Suzette), Charlotte et Annette.

plus détaillé l'étude de l'inconstance masculine. Du don Juan, par l'intermédiaire du dilettante, nous en arrivons à Bertin qui cédera, lui aussi, au désir du rajeunir l'objet de ses affections, remplaçant la mère par la fille, Anne par Annette.

Anne de Guilleroy, en effet, n'a pas cette distinction de confirmer la règle en y faisant exception. Elle participe, elle aussi, à une séquence de personnages qui comprend, par exemple, Virginie Walter de qui la comtesse semble avoir hérité tout un comportement en matière de religion. En avance pour un rendez-vous avec Mme Walter, faisant les cent pas devant l'église où il doit la retrouver, Georges Duroy songe que sa future maîtresse a pris l'habitude « de se servir de la religion comme on se sert d'un en-tout-cas ». Conduite typique chez les femmes qui, conclut Duroy, « se fichent du bon Dieu comme d'une guigne, mais qui ne veulent pas qu'on en dise du mal et qui le prennent à l'occasion pour entremetteur » (R, 394). Le commentaire, en effet, pourrait aussi bien s'appliquer à Anne de Guilleroy qui est religieuse « comme le sont beaucoup de Parisiennes » (R, 958), se jetant dans une église le plus souvent afin de remercier Dieu de lui avoir ramené Olivier Bertin à la suite de quelque brouille ou, de façon plus égoïste encore, se sentant « un besoin profond de prier, de prier non pour quelqu'un ni pour quelque chose, mais pour elle, pour elle seule » (R, 959).

De Mme Walter, Anne de Guilleroy hérite, également, une bonne partie de sa sensibilité. En se rendant à contrecœur aux avances brutales de Georges Duroy, la bien-nommée Virginie Walter avoue à son séducteur, « je vous jure… que je n'ai jamais eu d'amant » : aveu qui incite le narrateur à rajouter, « comme une jeune fille aurait dit : "Je vous jure que je suis vierge" » (R, 405). Il en va de même pour Anne de Guilleroy qui se sent entraînée vers Olivier Bertin « par son cœur qui était vierge » (R, 864). C'est une virginité affective, chez des femmes qui ont déjà nettement franchi la trentaine, qui a de quoi surprendre. Ceci dit, il s'agit d'un comportement qui trahit une innocence, une naïveté sentimentale qui est la conséquence toute naturelle d'une jeunesse à l'abri de tout souci et de toute rencontre amoureuse… et d'un mauvais mariage. Sur toute cette « éducation » féminine, Anne est encore la descendante de Virginie Walter, mais aussi de Christiane de Ravenel et même de Jeanne Le Perthuis des Vauds.[11] Le cœur de la

11. Sur le plan de la phonologie, également, *Anne* prend la relève de Je*anne* et de Christi*ane*.

première est resté tout aussi « vierge » que celui des autres, comme le démontre la façon dont Christiane réagit à la déclaration de Paul Brétigny, « ne pouvant plus remuer les jambes », ne sentant « plus du tout le sol sous ses pieds » et restant « inerte d'âme et de corps » (R, 554), lorsqu'elle réussit à grand peine à regagner sa chambre. Et pourtant, avons-nous lieu de nous en étonner ? Que faut-il attendre d'autre, étant donné son éducation ?

> *Le père de Christiane, comme tous les pères, l'avait toujours traitée en petite fille à qui on ne doit pas dire grand-chose ; son frère la faisait rire et non point réfléchir ; son mari ne s'imaginait pas qu'on dût parler de quoi que ce fût avec sa femme en dehors de la vie commune ; et elle avait vécu jusqu'ici dans une torpeur d'esprit satisfaite et douce* (R, 537).

Pour Christiane, l'éducation sentimentale sera des plus douloureuses, un calvaire, à partir de la rencontre avec Brétigny qui « ouvrait son intelligence à coup d'idées qui ressemblaient à des coups de hache » (R, 537), jusque dans le dénouement où Christiane, allongée sur son lit, donne naissance à sa fille, la fille de Brétigny qui désormais la renie, au cours d'une séance de douleurs qui ressemblent à « une longue scie à dents émoussées qui lui déchiquetait les os et les muscles, lentement, d'une façon irrégulière, avec des secousses, des arrêts et des reprises de plus en plus affreuses » (R, 681). Dans tout ce martyre, Christiane marche encore sur les traces de Jeanne Le Perthuis des Vauds, dont le père « l'avait tenue... sévèrement enfermée, cloîtrée, ignorée, et ignorante des choses humaines » (R, 4), jusqu'à l'âge de dix-sept ans, préparant ainsi une terre féconde où poussera le désenchantement, à commencer par la pluie qui entrave son départ du couvent, au tout début du roman, et qui représente pour Jeanne « le premier gros chagrin de son existence » (R, 5). Any de Guilleroy, comme son mari, comme sa fille Annette et comme le marquis de Farandal, fait donc partie d'une distribution des rôles dans les romans de Maupassant qui est d'une stabilité remarquable et qui englobe tous les personnages principaux.

Olivier Bertin, lui-même, n'échappe pas à cette récursivité. Il paraît même en être l'expression la plus complète et tout se passe, dans *Fort comme la mort*, comme si toutes les ressemblances entre personnages s'organisaient en un faisceau braqué sur Bertin, afin de mieux illuminer celui-ci. L'éclairage, en effet, tombe sur Bertin d'une manière telle que chaque rayon en met en valeur un trait particulier, privilégiant une descendance précise au préjudice du simple air de famille qui relie les autres personnages : le peintre se présente, en vérité, comme une nouvelle incarnation de Georges Duroy, une espèce de Bel-Ami plus âgé et plus raffiné. Aussi le sort narratif de Bertin semble-t-il jeté d'avance, l'artiste se prenant d'emblée au piège du principe de répétition. En quête d'originalité, Bertin part battu.

Ce premier constat n'est pas sans importance au début d'une analyse du rôle de Bertin, car pour beaucoup de lecteurs il va de soi que Bertin est un grand artiste et que *Fort comme la mort* raconte la lente déchéance de ce grand artiste. Et on comprend fort bien pourquoi une telle lecture s'impose. Nous apprenons d'entrée de jeu, par exemple, que Bertin a « conquis tous les honneurs », qu'il a même décroché le prix de Rome, qu'il connaît son art « à merveille » et qu'il a « des qualités d'exécution remarquables » (R, 838). En plus, il est parmi ce groupe assez restreint d'artistes qui exposent régulièrement au Salon et il a produit un nombre considérable de toiles applaudies. Il fut même, à ses débuts, « porté aux nues par la critique et le public » et considéré comme « le premier portraitiste de son époque » (R, 846). La conclusion : Olivier Bertin est un peintre de grand talent.

Et pourtant, dès les premières pages du roman on relève des notations qui remettent en cause le bien-fondé de cette réaction initiale. L'incipit du texte fait planer le premier doute :

> *Le jour tombait dans le vaste atelier par la baie ouverte du plafond. C'était un grand carré de lumière éclatante et bleue, un trou clair...*[12]
>
> *Mais à peine entrée dans la haute pièce sévère et drapée, la clarté joyeuse du ciel s'atténuait, devenait douce, s'endormait sur les étoffes, allait mourir dans les portières, éclairait à peine les coins sombres où, seuls, les cadres d'or s'allumaient comme des feux. La paix et le sommeil semblaient emprisonnés là-dedans, la paix des maisons d'artistes où l'âme humaine a travaillé. En ces murs que la pensée habite, où la pensée s'agite, s'épuise en des efforts violents, il semble que tout soit las, accablé, dès qu'elle s'apaise* (R, 837).

12. Dès les premiers mots du texte, voici donc notre portraitiste en face de l'infini, de l'inaccessible, d'un azur chargé de regret : Bertin a le blues... Pour une lecture qui serre de plus près la question de l'*écriture* dans les premiers paragraphes de *Fort comme la mort*, voir le bel article de Francis Marcoin, « La Représentation bloquée », *Revue des sciences humaines,* 154 (1974), 249-66.

Atelier ou cellule ? Le présent semble fait d'incommodité et la référence au travail est au passé composé. C'est un travail tout d'agitation, d'épuisement, d'effort et de fatigue. Nulle mention ici de la création joyeuse et légère, mais une lutte douloureuse et difficile. Il s'agit, en effet, d'une peine — le mot revient plusieurs fois dans la description. Autre chose curieuse : cet atelier d'artiste est un lieu d'ombre et non de clarté, un studio-cachot, une image de l'obscurité, de l'oubli, et aussi du noir qui est la couleur préférée de Bertin. C'est un lieu fait de sèmes de carence et d'absence où, en effet, la profession de l'occupant semble d'importance secondaire : seuls les cadres s'allument et les tableaux que la narration nous montre quelques lignes plus loin sont de « personnages inachevés ». Dans quelle mesure Bertin est-il donc un artiste véritable ?

La description de l'atelier est suivie d'une longue explication biographique qui nous permettra de répondre à cette question. On apprend, par exemple, dans les premières lignes de cette description, que Bertin demeure « vers la fin de sa vie, l'homme qui ne sait pas encore au juste vers quel idéal il a marché » : faiblesse sympathique, en somme, que cette ignorance, car c'est un défaut que Bertin doit partager avec bien d'autres. Mais c'est également un artiste « au rêve changeant » qui a fait des « tentatives dans tous les genres » et dont la capacité la plus évidente est « une grande souplesse de talent » (R, 838). Il n'est question nulle part d'originalité, ni de vision personnelle et on se laisse déjà aller à formuler le soupçon que Bertin, en devenant « le peintre chéri de la Parisienne et des Parisiennes » (R, 846), fait passer le gain avant tout idéal, cédant par là à un côté commerçant de son caractère. En d'autres termes, Bertin, détenteur d'un talent précieux, vend au plus offrant, la « souplesse » de son talent lui permettant d'occuper un créneau particulièrement porteur. Certes, on peut objecter que ce Bertin-là n'est pas celui des débuts et qu'il a déjà subi l'influence pernicieuse des mondains. Et pourtant, nous apprenons que Bertin est attiré dans le monde par « le désir de plaire », désir qui « apparaissait chez lui sous toutes les formes » et que c'est ce désir-là qui est satisfait plutôt que le désir de peindre. C'est-à-dire que la réussite mondaine de Bertin est la conséquence d'une réelle affinité entre l'artiste et ses riches clients et, surtout, ses clientes. C'est presque autant par « l'aménité de ses manières... le soin qu'il prenait de sa personne [et] son ancienne réputation de force et d'adresse, d'homme d'épée et de cheval » (R, 838) que par son talent, qu'Olivier Bertin est accueilli dans le monde et qu'il y est choyé. Il est, en outre, sensible à la flatterie. On peut même aller plus loin et affirmer qu'il y a du fat en Bertin, se prêtant volontiers à « toutes [les] choses futiles et familières de l'existence mondaine » (R, 842). Bref, il en partage le goût de l'affectation et c'est ce côté suffisant qui ouvre la brèche à travers laquelle l'influence nuisible du monde viendra s'installer en lui :

> *Il allait dans le monde pour la gloire et non pour le cœur, s'y plaisait par vanité, y recevait des félicitations et des commandes, y faisait la roue devant les belles dames complimenteuses* (R, 848).

Plus on se penche sur le cas de Bertin et plus il devient difficile de prendre le personnage au sérieux en tant qu'artiste. Il semble, en effet, gravement influencé par le dilettantisme mondain, sa résolution de créateur minée par une espèce de paresse intellectuelle. Lorsque, par exemple, il ne trouve pas sur le champ un sujet pour un nouveau tableau, il est « vite dégoûté » de ses efforts, il en a « l'esprit meurtri » et se met à siffler « un air qui courait les rues » (R, 839). Ce n'est pas que Bertin soit « canaille ». Il sait bien se tenir et il est tenu pour un homme bien. Mais il a conservé, comme le démontre la citation précédente, un petit côté tout vert et tout fier, presque cabotin, qui est comme le legs d'un temps où il était « sans succès et sans renom » (R, 846), mais où il brillait dans des rangs moins élevés de la société parisienne grâce à « son esprit amusant, à sa taille d'athlète élégant et à sa figure énergique et brune » (R, 848). Pourquoi abandonner une approche qui fait recette ? Lors de son entrée dans le monde, Bertin, en vérité, ne fera que transposer cette approche telle quelle, se répétant qu'il y est apprécié pour son talent, tout en sachant au fond de lui que son succès dans les salons dépend plus de ses qualités physiques et de causeur que de son travail d'artiste.

Par ailleurs, le travail occupe une place de moins en moins significative à mesure que Bertin prend possession de sa gloire mondaine : fait que la jeune Annette n'entend pas passer sous silence. Elle fait énumérer à Bertin les activités qui composent, aux yeux de l'artiste, une journée typique. Le peintre se laisse prendre au piège : dans l'état qu'il fait de sa vie de tous les jours, la peinture crie par son absence. Désarçonné par la question d'Annette — « Alors, quand est-ce que vous travaillez ? » — Bertin arrive tout juste à proposer, « Mais je travaille... quelquefois » (R, 889).[13] De même, quand Bertin fait l'éloge de la main, « gentil petit membre, intelligent et adroit, qui exécute tout ce qu'on veut, des livres, de la dentelle, des maisons, des pyramides, des locomotives, de la pâtisserie, ou des caresses » (R, 844), la chose ne nous frappe pas spécialement venant de la part d'un artiste. Par contre, ce qui surprend sensiblement, outre la banalité de la plupart des articles cités, c'est l'absence de toute référence au tableau, et au portrait en particulier. Ou encore, lorsque Bertin hésite entre deux styles pour un tableau de jeune fille qu'il prépare, il se tient le raisonnement suivant :

> *Laide, elle aurait plus de caractère, éveillerait plus de pensée, plus d'émotion, contiendrait plus de philosophie. Jolie, elle séduirait davantage, répandrait plus de charme, plairait mieux* (R, 960).

C'est le charme et la séduction que Bertin retiendra et on en vient à la conclusion que sa sensibilité porte désormais l'empreinte indélébile de la complaisance mondaine, ainsi que d'un goût fait de mièvreries. Au fond, Bertin joue à la peinture. Une toile, pour lui, n'est guère plus qu'un album à colorer, un divertissement passager : plus profond et plus exigeant, certes, que la causerie ou l'équitation, mais d'une nature parfaitement semblable. Faut-il vraiment s'étonner que Bertin, lorsque, enfin, on le voit à l'œuvre, avance et recule « avec des mouvements d'homme qui combat » (R, 849) ? Combat ironique. La mondanité a fait tache d'huile dans sa vie, à tel point que l'escrime déteint sur l'art et que Bertin manie son pinceau comme un fleuret. En somme, l'art d'Olivier Bertin est une mode : ce qui reviendrait à dire, pour Maupassant du moins, que ce n'est pas de l'art. C'est-à-dire que la réussite artistique de Bertin découle du plaisir qu'il fait aux autres. C'est avant tout un succès épidermique, c'est-à-dire superficiel. Bertin, à ses heures « un de ces brillants artistes mondains qu'on rencontre au bois, que les salons se disputent » (R, 838), devient un artiste démodé... et donc inconsolable. Il cesse, en tout cas, de vouloir et pouvoir produire. Réduit à l'impuissace, Bertin semble, en plus, cesser de vouloir vivre. Son art n'étant pas un projet en soi, mais un projet rendu

13. Dans le studio de Bertin, sur sa table de travail, est posé un encrier, « un encrier de peintre où l'encre ancienne [est] séchée » (R, 845). On est, décidément, amené à conclure que chez Bertin le travail se signale par son intermittence. Bertin, pour ainsi dire, bricole.

possible par le milieu, imposé de l'extérieur, cet art doit fatalement disparaître lorsque disparaissent les conditions précises qui l'ont favorisé. La narration de *Fort comme la mort*, en toute sincérité, avait d'ailleurs annoncé à propos de Bertin dès le troisième paragraphe du roman :

> *Qu'allait-il faire ? Il n'en savait rien encore. Ce n'était point d'ailleurs un artiste résolu et sûr de lui, mais un inquiet dont l'inspiration indécise hésitait sans cesse entre toutes les manifestations de l'art* (R, 838).

Par ce côté manufacturé, Olivier Bertin rappelle tout particulièrement Bel-Ami. Notre beau peintre de 1889, en effet, nonobstant la romanesque chronologie qui le fait naître plus tard, se présente comme le frère aîné du beau journaliste de 1885. Celui-ci doit également sa réussite aux femmes. Sa façon de les séduire et de s'en servir n'a rien du raffinement de Bertin, il est vrai, mais la méthode marche à la perfection. Bertin ressemble à Duroy également de par son physique et par l'usage qu'il en fait : à Duroy qui suit le boulevard « heurtant les épaules, poussant les gens pour ne point se déranger de sa route » (R, 198), nous pouvons comparer Bertin qui se promène « en heurtant les passants, pour ne point dévier de la ligne droite » (R, 863). Comme l'ex-sous-officier Duroy, aussi, qui porte « une moustache retroussée, qui semblait mousser sur sa lèvre » (R, 198), Bertin arbore une « moustache forte, une moustache de vieux soldat » (R, 839) : lieu-commun d'époque, peut-être, lieu-commun chez Maupassant, sans aucun doute, mais qui permet d'affirmer que nos deux étalons sortent de la même écurie. Comme Duroy, encore, qui aime « les lieux où grouillent les filles publiques, leurs bals, leurs cafés, leurs rues » et qui aime « leur parler, les tutoyer, flairer leurs parfums violents » (R, 198), Bertin affectionne, lui, les femmes du demi-monde dont il apprécie « les libres allures et les libres propos, accoutumé aux mœurs faciles, drolatiques et joyeuses des ateliers et des coulisses qu'il fréquentait » (R, 848). Ici encore Bertin se situe à une certaine distance sociale de Duroy, avancé d'un cran : pour Duroy ce sont les filles qui le lancent, chez Bertin, les courtisanes. La constante, dans ce cas, est l'élément de dépaysement social qui en découle. Duroy et Bertin n'ont pas le même point de départ, ni le même point de chute, mais ils sont des parvenus, l'un et l'autre. Comme Duroy, enfin, Bertin entretient avec les concepts de l'invention et de l'originalité des rapports assez peu flatteurs. Duroy, assis en face d'une grande page blanche qu'il a bien l'intention de remplir pour fêter ses débuts dans le journalisme, se prépare à écrire. Mais, au moment de commencer, « il ne trouvait plus rien » (R, 223) de son texte. De même retrouvons-nous Bertin, au début de *Fort comme la mort*, en proie à une crise de créativité identique : « Il ne trouvait rien ! » (R, 839).[14]

Là, pourtant, la comparaison se termine pour devenir plutôt opposition, car nous connaissons le sort ultime de Duroy qui n'a rien à envier à celui de Bertin. En effet, ce frère aîné se présente aussi comme la version ratée de Bel-Ami, ou comme son verso. C'est un Bel-Ami, si on préfère, qui est sur le chemin du retour. En tant que tel, Bertin constitue l'illustration concrète de toutes les fatalités humaines décrites par un Norbert de Varenne :

> *La vie est une côte. Tant qu'on monte, on regarde le sommet, et on se sent heureux ; mais, lorsqu'on arrive en haut, on aperçoit tout d'un coup la descente, et la fin, qui est la mort. Ça va lentement quand on monte, mais ça va vite quand on descend* (R, 299).

Bertin, c'est Duroy dans la descente. Ce n'est pas simplement que Bertin est « aux approches de la vieillesse » (R, 838), ni qu'il a les cheveux blancs, ni même qu'il a des rhumatismes. C'est que Bertin, sauf rares exceptions, ne maîtrise plus les dispositifs essentiels de la réussite. Bertin est encore un bon joueur. Soit. La partie de tennis qu'il fait avec Annette de Guilleroy est remarquable pour « le jeu correct et sûr » (R, 944) de l'artiste. De plus, Bertin continue à « faire des armes tous les jours et à monter à cheval avec assiduité » (R, 839). Tout cela n'empêche pas que Bertin prenne du ventre, embonpoint qui veut qu'il coure « avec une souplesse un peu forcée » (R, 840). Sans être laid, dans une société construite autour d'un système minutieux de paraître, qui prise le lisse et le poli, Bertin est en train d'accumuler une difformité impardonnable. Sans être vieux, dans une société de joueurs professionnels Bertin se range déjà du côté des vétérans en matière de prouesse sportive.

14. Voir également R, 901, où Bertin, fouetté par le retour du printemps, a la vision rapide d'une « nouvelle manière d'exprimer la vie, plus vraie et plus originale ». Cependant, face à l'effort requis pour donner cours à cette nouvelle vision, la volonté du peintre se dilue dans un bain de lassitude : « Mais dès qu'il fut seul en face de la toile commencée, cette ardeur qui lui brûlait le sang tout à l'heure, s'apaisa tout à coup. Il se sentit las, s'assit sur son divan et se remit à rêvasser ».

Il continue de s'entraîner, pourtant, et c'est justement au cours de l'une de ces séances d'entraînement que Bertin laisse entrevoir, par rapport à Georges Duroy, sa faiblesse majeure. Duroy, on s'en rappelle, s'entraîne comme joueur, lui aussi. Précisons : Duroy répète comme un acteur. Une différence capitale, toutefois, sépare les deux hommes sur ce point. Duroy, devant la glace, se jouant des saynètes pour mieux se préparer aux épreuves d'une soirée chez les Forestier, s'esquive adroitement dans l'escalier au moment même où un tiers s'y engage et risque de le voir.[15] Bertin, par contre, debout devant sa glace, maniant son haltère dans un rituel journalier qui vise à préserver ses muscles des accidents de l'âge, se laisse prendre au piège. La conscience de Bertin est entièrement occupée par le spectacle qu'il se monte. Il en résulte que la comtesse de Guilleroy le prend en flagrant délit de narcissisme. Bertin, d'ailleurs, reconnaît sa faute : « je faisais le paon, et je me suis laissé surprendre » (R, 840).[16]

Le faux pas est de taille. Si Duroy réussit aussi complètement c'est qu'il a cette capacité de toujours éviter le regard inopportun d'autrui que Maupassant, écrivant dans une perspective précocement sartrienne, voit comme une contrainte à la liberté. Duroy, c'est la vedette qui domine les autres grâce à sa mobilité. On croit le saisir, il est déjà ailleurs : à peine l'avons-nous vu passer. Ou, si l'on préfère, c'est, avec quelques années d'avance, le « subtil » gidien. Digne devancier d'un Protos, en effet, Duroy-Protée endosse allègrement l'habit de chaque nouveau rôle et avance si vite au rôle suivant que ses rivaux n'ont jamais l'occasion de le prendre en flagrant délit.[17] Le député Laroche-Mathieu sait, à ses dépens, où cela mène. Bertin, quant à lui, commet cette même erreur gravissime qui consiste à rester trop longtemps sur place à s'extasier de ses propres exploits, à devenir un crustacé.[18] A la diligente crapulerie

15. Voir R, 211.

16. La répétition traque Bertin jusque dans ses fautes. Chez la comtesse de Guilleroy, quelques jours plus tard, il prend une petite glace qui traîne et se regarde dedans. A cet instant précis Annette rentre dans la pièce. Voir R, 884.

17. Pas même ses rivaux. Dans un roman qui regorge d'ironies onomastiques, faut-il s'étonner que Jacques *Rival,* d'ailleurs, ne témoigne jamais à Georges Duroy autre chose que de la bienveillance ?

18. Gabriel Tarde (1848-1904) devait établir, en 1890, un contraste entre *imitation-coutume* et *imitation-mode, imitation-sympathie* et *imitation-obéissance,*

qui est la marque déposée de Georges Duroy, Olivier Bertin ne paraît capable d'opposer qu'une gentille dissipation. Est-ce à dire que l'apparent échec de Bertin vient de ce qu'il est insuffisamment méchant ? Où, précisément, faut-il chercher la raison de cette défaite... ?

ou encore *imitation naïve* et *imitation réfléchie* (voir *Les Lois de l'imitation. Étude sociologique,* Félix Alcan, 1890, p. 15) : l'imitation systématique de Georges Duroy et celle, plus naïve, plus ludique d'Olivier Bertin, semblent bien relever d'une opposition semblable.

IV

Les Données immédiates de la mauvaise conscience

1 *Leurre*

L'attitude de Maupassant envers la femme, que ce soit dans *Fort comme la mort* ou ailleurs, provoque immanquablement un vif mouvement de recul devant l'insuffisance flagrante de la « psychologie » de ses personnages féminins. Maupassant, semble-t-il, n'a pas simplement été effleuré par les théories ambiantes sur la femme, il les a happées. Pour toute analyse de la psychologie de la femme, Maupassant se contente, en effet, de grossir certains traits de la « théorie » schopenhauerienne qui, elle, avait déjà subi une mutilation considérable pendant les années 1870 aux mains des chercheurs d'aphorismes.[1] Il en résulte, chez Maupassant, une caricature assez grotesque, dont les contours ont la netteté d'un corps illuminé par un puissant éclairage latéral : aucune zone d'incerti-

1. Voir sur ce dossier l'étude de René-Pierre Colin, *Schopenhauer en France : un mythe naturaliste* (Presses Universitaires de Lyon, 1979). Il faut, bien entendu, faire la part de la pose. Henry Roujon, par exemple, souligne que lorsque Maupassant parlait de l'amour, « il se plaisait à dire des énormités » (*La Galerie des Bustes,* p. 15).

tude, seulement un noir impénétrable et un blanc éclatant. C'est le meilleur moyen de faire ressortir le « modelé », mais qui élimine, par la même occasion, toute nuance d'expression. En effet, pour peu que l'on suive plus loin la pente de cette réflexion sur la misogynie de Maupassant, il devient de plus en plus difficile d'écarter l'impression que la raideur de sa pensée n'est pas un accident. Maupassant n'aimait pas les femmes : cela est clair. Mais de quelle manière ne les aimait-il pas ? Cette haine de la femme, aussi simple qu'elle puisse paraître, n'est-elle pas, dans *Fort comme la mort*, à double fond ?

Dans les commentaires les plus récents sur le personnage d'Olivier Bertin on continue de voir en lui un grand artiste, un très grand artiste, miné par le monde. Mais on voit en lui, surtout, un *homme* châtié (pour ne pas dire castré) et réduit à l'impuissance par une mondaine, véritable mante religieuse. Bertin serait, en somme, un exemple du héros maupassantien tardif : un mâle subjugué par une femelle de plus en plus puissante. Mary Donaldson-Evans, notamment, affirme que ce sont « Any et sa fille Annette — une réincarnation de sa mère et dont Olivier Bertin tombe amoureux en dépit de toutes les instructions de sa volonté — qui sont responsables de la fin de sa créativité ».[2] Mais s'il est clair que la signification apparente du roman est « la lente corrosion d'un génie par la futilité d'une admiratrice »,[3] il ne s'ensuit pas que la domination de la gent masculine par la femme constitue le thème principal du récit, ou que celui-ci ait été dicté uniquement par une misogynie foncière. Dans les pages qui suivent on s'attache à démontrer, en effet, que Bertin est une victime dont le sort s'articule autour d'un axe *temporel* plutôt que sexuel et que c'est une « réincarnation » plutôt que la féminité qui provoque l'échec de l'artiste.

Il est vrai que dans une certaine mesure la comtesse Anne de Guilleroy, en devenant la maîtresse de Bertin, le maîtrise. C'est elle

2. *A Woman's Revenge : The Chronology of Dispossession in Maupassant's Fiction* (Lexington, Ky., 1986), p. 63. ['Any and her daughter Annette, a reincarnation of her mother with whom Olivier falls in love against all the directives of his will, who bring about the demise of his creative powers'].

3. André Vial, *Maupassant et l'art du roman,* p. 203. Dans *Faits et significations* (Nizet, 1973), Vial résume ainsi l'argument apparent du roman : « Un peintre de grand mérite, Olivier Bertin, voit s'exténuer, puis s'abolir son intuition et son talent dans la fréquentation trop assidue d'une mondaine, sa maîtresse » (p. 346).

qui séduit le peintre en se servant « d'une coquetterie agressive et prudente » (R, 851). C'est elle qui exige de lui un compte rendu de tout ce qu'il a fait et qui le force à lui révéler « ces détails minutieux où se complaît la curiosité jalouse et subtile des femmes » (R, 841-42). C'est encore elle qui, dans le but de vérifier la fidélité de son amant, le somme de « raconter toutes les visites qu'il avait reçues, les dîners et les soirées, les conversations et les potins » (R, 842). C'est elle qui, avant tout, accentue « son penchant vers l'art distingué », qui combat « ses retours vers la simple réalité » et qui le pousse « vers un idéal de grâce un peu maniéré et factice » (R, 841). Ainsi, Anne de Guilleroy se pose à la fois en confesseur, en gouvernante et en éminence grise de Bertin.

Et pourtant, ce serait une grave erreur par rapport à ce dernier point d'oublier que la comtesse peut se permettre d'accentuer habilement ce penchant vers « l'art distingué » seulement parce qu'il *existe déjà* chez l'artiste. De façon plus générale, ce serait également une erreur de voir en la comtesse de Guilleroy un virago, une mangeuse d'hommes, l'agent unique ou même principal de la « lente corrosion » du talent de Bertin, puisqu'une telle lecture s'accorde mal avec les événements du roman. *Fort comme la mort* raconte une souffrance à deux bien plus que la destruction d'un homme par une femme. En effet, dès le premier chapitre nous apprenons les « craintes sur la constance d'Olivier Bertin » dont Anne de Guilleroy est assaillie. Elle vit « dans la terreur de le perdre, épiant ses allures, ses attitudes, bouleversée par un mot, pleine d'angoisse dès qu'il admirait une autre femme » (R, 865). Chaque fois qu'il est question d'une liaison possible entre Bertin et une nouvelle maîtresse, Anne ne connaît plus que « des sommeils troublés par les tortures du doute » (R, 866) et passe des heures à pleurer. En outre, lorsqu'elle sent que sa beauté, son arme principale dans la lutte pour retenir Bertin, s'engage dans un déclin irrévocable, elle devient la proie de terribles crises de nerfs qui ne font qu'accélérer cette déchéance. Dans une espèce de masochisme affectif qui est la rançon inévitable de son narcissisme, elle fait des miroirs, petits et grands, des compagnons de chaque instant, qu'elle soit chez elle ou dans la rue, vérifiant à tout moment le progrès de l'âge. Progressivement dépossédée, d'abord par le portrait que Bertin avait peint douze ans auparavant — objet fabriqué que les mondains artificiels admirent davantage que le modèle réel — et ensuite par sa fille Annette, Any devient de plus en plus obsédée par sa propre image en dégradation. Son visage, encadré dans une petite glace ovale, devient, par une ironie vicieuse de la narration, semblable à « un portrait du dernier siècle » (R, 997), et la comtesse, comme Bertin sera amené à le constater par rapport à lui-même, se voit imposer la vieillesse par le temps qui passe. Elle croit même sentir « la marche lente des rides sur son front, l'affaissement du tissu des joues et de la gorge, et la multiplication de ces innombrables petits traits qui fripent la peau fatiguée (ibid.). On pourrait dire qu'à bien des égards, le personnage d'Any reprend en mineur le thème principal, doublant ainsi la crise qui est vécue par Bertin : « l'angoisse de vieillir » (R, 1565). La douleur spirituelle que connaissent Any et Bertin est donc un facteur qui les rapproche sur le plan intellectuel à mesure même qu'ils s'éloignent l'un de l'autre sur le plan affectif. Par conséquent, loin de poursuivre Bertin dans un dessein malveillant de possession ou de domination, on peut voir que la comtesse est acculée, tout comme son amant, par les ravages inéluctables de la chronologie.

Il faut être clair : nous n'entreprenons pas ici de nier ou de masquer la misogynie de Maupassant, encore moins d'en faire l'apologie. Il s'agit plutôt d'une méfiance. Le lecteur et la lectrice de *Fort comme la mort* doivent-ils s'étonner, après tout, d'y retrouver une nouvelle fois une image peu flatteuse de la femme ? Depuis les premiers textes de Maupassant l'être féminin est invariablement perçu comme une simple machine à reproduire, ou bien comme une pulpeuse surface dispensatrice de plaisirs, ou encore comme un sinistre défi, une menace à l'indépendance de l'homme. *Fort comme la mort* ne constitue pas un cas à part. Ici, comme partout chez Maupassant, la femme est d'abord femme-objet, qui s'offre à la vue, à l'odorat, au toucher et au goût du mâle. Elle est faite pour gratifier tous les sens de celui-ci, lorsqu'elle ne les violente pas. Dans une effusion, par exemple, où se lit à la fois la « masculinité » et l'anxiété du narrateur, celui-ci se demande pourquoi « une figure de femme a tout à coup sur nous la puissance d'un poison » (R, 989). Lorsqu'elle n'est pas source d'angoisses, cependant, la femme devient, entre autres choses, source d'un « parfum capiteux et frais » (R, 928) qui se dégage de sa personne et des plis de sa robe, faisant passer sous le nez de l'observateur-voyeur des rêves de chairs cachées. C'est même toute l'astuce du mâle « agressé » que d'éliminer le souvenir de son inquiétude ou d'en entraver la production, en faisant adopter à la femme ce rôle de pourvoyeuse de jouissances, sorte de pistil portatif dont l'homme se flatte ou se frotte à l'occasion. Paysanne, prostituée ou courtisane dans les romans précédents, mondaine dans *Fort comme la mort*, la femme constitue, et ce jusqu'à friser le grotesque, un objet de consommation : d'une saveur raffinée, bonne à croquer ou insipide selon les cas. Pour sa part, Bertin nous signale qu'il affectionne « une... élégance un peu nourrie, ce que ma cuisinière appelle un bon petit poulet de grain » (R, 874-75). Pour ce qui est de la taille, Anne de Guilleroy est la perfection même, fait que souligne la duchesse de Mortemain : « Regarde ta maman, petite, elle est très bien, juste à point, imite-la ».[4] On peut aller plus loin encore et affirmer que dans l'économie de plaisir du roman, la femme constitue un excellent placement : un homme comme Farandal, qui a de la pratique, est capable de déguster la femme, ainsi qu'il le fait avec Annette, et de « prédire presque à coup sûr l'avenir de [sa] beauté, comme un expert qui goûte un vin trop vert » (R, 881).

Reste à mettre en cave cette femme-cru. C'est d'ailleurs l'horizontalité qui lui convient le mieux, les accidents de sa morphologie suppléant heureusement aux grossières monotonies de son intelligence. Car, à en croire les narrateurs maupassantiens, la femme est strictement, fatalement, systématiquement et foncièrement incapable de tout raisonnement logique, fût-il des plus simples. C'est un aspect du féminin chez Maupassant que plusieurs parties intéressées ont déjà regardé à la loupe d'ailleurs.[5] On répugne, cependant, à évacuer sommairement la question ici sans revenir rapidement sur le caractère criard de cette misogynie. La femme, chez Maupassant, c'est l'animal intuitif par excellence, faite pour des « besognes des doigts, que l'œil suit sans que l'esprit y songe » (R, 904), ayant recours, chaque fois que l'intelligence lui fait défaut,

4. Est-ce une coïncidence ou bien une plaisanterie — située entre le narquois et le déplorable — qui veut que la phrase suivante soit, « On passait dans la salle à manger » ?

5. A l'ouvrage de Mary Donaldson-Evans, *A Woman's Revenge,* que nous avons déjà cité, il convient d'ajouter celui de Lorraine Gaudefroy-Demombynes, *La Femme dans l'œuvre de Maupassant* (Mercure de France, 1943) et celui de Micheline Besnard-Coursodon, *Étude thématique et structurale de l'œuvre de Maupassant : le piège* (Nizet, 1973).

à « une de ces secrètes intuitions des cœurs féminins qui leur fait pressentir ce qu'ils ignorent » (R, 982), étant naturellement « féconde en ressources » (R, 1021) de ce genre. Est-il possible d'aimer un être ainsi fait ? Le laconisme du narrateur lorsqu'il décrit une étreinte entre la comtesse et Bertin fait surgir des doutes : « Et leurs bouches se rencontrèrent » (R, 841). Malgré l'apparente fidélité de l'affection entre Bertin et sa maîtresse, voici le portrait tout craché de l'amour mondain : le contact superficiel de deux êtres qui le sont tout autant, la courte collision de deux épidermes.[6]

Ce qui est tout à fait clair c'est qu'il n'est pas besoin d'être féministe pour constater la présentation dénigrante de la femme dans *Fort comme la mort*. Et pourtant, on hésite à accorder à cette présentation un caractère qui y serait sensiblement plus aigu ou plus anxieux que dans les ouvrages précédents, tout comme on hésite à accorder à la femme un caractère foncièrement menaçant par rapport au cas de Bertin.[7] Admettons que par de nombreux côtés Anne

6. Henry Roujon, déjà, avait très bien cerné l'attitude de Maupassant envers la femme : « Instrument de volupté, mesure d'hygiène, la mauvaise voisine, l'éternelle ennemie, telle il voyait la femme et la maudissait » (*La Galerie des Bustes*, p. 15). Le dernier mot n'est pas encore dit, bien sûr, en ce qui concerne les rapports précis qui existent entre un auteur et son narrateur, et il est légitime de se demander si on peut vraiment imputer à celui-là toutes les opinions exprimées par celui-ci. Sans pouvoir émettre de certitudes, il semble bien qu'il y ait un degré important de sympathie entre auteur et narrateur en ce qui concerne la présentation de la femme et de l'amour chez Maupassant. Les deux sources principales dans ce domaine sont (i) les *Pensées, maximes et fragments* de Schopenhauer (Germer-Baillière, 1880) dans la traduction de Jean Bourdeau et (ii) L'*Introduction à la science sociale* de Spencer (Germer-Baillière, 1874). En ce qui concerne Schopenhauer, Maupassant s'est surtout penché sur la deuxième partie du texte, « L'Amour, les femmes et le mariage » (pp. 71-134). Pour le texte de Spencer, le passage capital se trouve dans le chapitre 15 (pp. 381-414) et notamment à partir de la page 401.

7. On est même tenté d'avancer l'hypothèse que la discussion de plus en plus nette et franche de la « menace » féminine — s'il y a effectivement une progression sur ce point dans les fictions de Maupassant — relève peut-être davantage d'une plus grande sérénité que d'une anxiété croissante : cette franchise accrue par rapport à l'exploration du féminin n'indique-t-elle pas assez que Maupassant, avec le confort qui découle de la familiarité, maîtrise le concept et le manipule à volonté ? Par ailleurs, Chantal Jennings, dans son article « La dualité de Maupassant : son attitude envers la femme », (*Revue des sciences humaines,* 140 [1970], 559-78), a démontré que si « la réputation de misogynie de Guy de Maupassant n'est plus à faire » (559), il ne faut pourtant pas imposer à l'écrivain une monomanie à l'égard de la femme. Chantal Jennings conclut ainsi : « Cantonnant la femme dans un rôle unique d'amoureuse, [Maupassant] pousse cependant son argument à son extrême

et Annette de Guilleroy restent des êtres énigmatiques, même sinistres, qui exercent sur Olivier Bertin une fascination débilitante. Ceci dit, cette fascination, où faut-il en chercher la source : chez les femmes ou chez Bertin lui-même ? La question est capitale, car nous sommes déjà suffisamment renseignés sur Anne de Guilleroy et Olvier Bertin pour nous convaincre que ce n'est pas tant une « force » chez la comtesse qui provoque la perte de Bertin, qu'une « faiblesse » chez le peintre. En d'autres termes, Bertin ne paraît pas subir un assaut qui le contraint à se rendre : il se livre, au contraire, pieds et poings liés et c'est le caractère spécial de cette faiblesse qu'il convient de cerner. Or, à quoi Bertin se livre-t-il exactement ? Au « féminin » ? Non : Bertin de tout temps en a fait partie. Très tôt, il part à la recherche de compagnes dans le demimonde. Bien avant son entrée triomphale dans les salons mondains, il fait preuve d'une tendance naturelle à la coquetterie, quelqu'un qui « sait la toilette comme un couturier, ayant employé, durant toute sa vie, sa pensée d'artiste et ses muscles d'athlète à raconter avec la barbe mince des pinceaux, les modes changeantes et délicates » (R, 840). Enfin, il a tant vécu parmi les femmes qu'il lui arrive de « partager souvent certaines de leurs sensations » (R, 976).[8] Mais Bertin est avant tout *inspiré* par le féminin, son portrait d'Anne de Guilleroy étant, d'un commun accord, son meilleur travail. D'ailleurs, le « féminin » et le « masculin » sont deux termes dont la valeur s'avère toute relative. Nous avons vu assez clairement que Maupassant tente de renfermer le féminin dans un quartier sévèrement contrôlé et dont les principaux axes seraient la coquetterie, l'artifice, le narcissisme, la plasticité, la rouerie et l'intuition. La limite, pourtant, entre ce féminin si précisément délimité et le caractère de Bertin a parfois tendance à s'estomper. La ruse, par exem-

limite logique et entend aussi lui revendiquer le libre droit d'aimer » (578). Il suffit, pour s'en convaincre, de considérer le personnage de Madeleine Forestier dans *Bel-Ami*.

8. Comment ne pas penser à Paul Brétigny ?, « un de ces hommes qui plaisent aux femmes, à toutes les femmes, par sa nature même, par l'acuité vibrante de ses émotions. Il savait leur parler, tout leur dire, et il leur faisait tout comprendre. Incapable d'un effort continu, mais intelligent à l'extrême, aimant toujours ou détestant avec passion, parlant de tout avec une fougue naïve d'homme frénétiquement convaincu, aussi changeant qu'il était enthousiaste, il avait à l'excès le vrai tempérament des femmes, leur crédulité, leur charme, leur mobilité, leur nervosité, avec l'intelligence supérieure, active, ouverte et pénétrante d'un homme » (R, 537).

ple, n'est pas uniquement le don des femmes : l'artiste, lorsque cela lui est utile, n'hésite pas à se servir de « la naturelle duplicité de l'homme » (R, 971). De même, Bertin fait appel, lorsqu'il se trouve à bout d'inventions honnêtes, à « un instinct d'homme » afin de retenir auprès de lui la petite Annette lors d'une promenade à Roncières. Cet instinct consiste à employer « le moyen des faibles, et ne pouvant séduire son attention, il l'acheta en tentant sa coquetterie » (R, 947) : même ce mâle, doit-on conclure, est capable de tendre ses pièges. D'ailleurs, si l'homme peut piéger, la femme peut être dépossédée. Bertin subit aux mains d'Anne de Guilleroy et de sa fille une dépossession ; soit. Mais Any elle-même connaît un sort semblable. C'est elle qui ressent un « froissement de dépossession » (R, 979), lorsque sa fille Annette devient l'objet de l'admiration mondaine.

Ces observations sur l'apparente « féminité » de Bertin et sur la vulnérabilité de la comtesse de Guilleroy, sans aller jusqu'à remettre en cause la misogynie de Maupassant, donnent néanmoins lieu à des incertitudes par rapport à une interprétation trop schématique de l'échec de Bertin. Il devient de plus en plus difficile, en effet, d'attribuer cet échec à un conflit d'ordre purement sexologique. Si on se penche sur le texte du roman on est contraint de reconnaître que les fragilités des personnages féminins l'emportent souvent sur leurs forces. La comtesse, pour sa part, joue un rôle de plus en plus passif, marchant déjà sur les pas de sa mère, Mme Paradin, qu'elle avait remplacée dans le temps, tout comme Annette remplace Any à l'heure qu'il est. Les belles Parisiennes se ressemblent et se succèdent, faut-il conclure, subissant de cette façon une réduction ironique qui en fait des êtres en série : et c'est précisément ce phénomène de *ressemblance* et de *répétition,* plutôt que la féminité, qui piège Bertin. Sous l'impulsion de cette similitude, Bertin cherche, d'abord à son insu, de plus en plus consciemment par la suite, à réveiller en lui-même la puissante émotion suscitée autrefois par Any. C'est cette transformation, d'un Bertin qui est l'innocente victime d'une ressemblance contingente en un Bertin qui est le chercheur morbide et fasciné de son propre mal, qui nous permet de mieux saisir la modalité précise de son échec.

2 *L'Eure*

Nous avons déjà pu constater le détachement de Bertin par rapport au milieu qu'il hante, détachement qui semble être la preuve d'une certaine indépendance intellectuelle, d'un tempérament énergique et d'une certaine sincérité. Mais nous avons également pu relever chez le même personnage une profonde affinité qui le rattache à ce même milieu, une affinité qui empêche le peintre d'embrasser pleinement la prise de conscience dont il ressent, pourtant, la nécessité logique : affinité qui ne manquera pas de faire de lui un raté. Cette contradiction entre un Bertin libre et un Bertin se complaisant dans la mauvaise foi, n'est rien d'autre que la démonstration d'une certaine débilité généralisée dont le rapport que l'artiste entretient avec Annette et sa mère constitue un trait particulier. Voici, en effet, la face humaine ou sociale de l'échec de Bertin, son asservissement à la ressemblance physique entre les deux femmes illustrant de façon singulièrement concrète l'asservissement des mondains en général à l'idée de la *répétition*. Comme nous avons pu le constater lors de l'analyse des principaux personnages du roman, la répétition est la pierre angulaire de leur existence. Presque tous les personnages, en effet, démontrent tôt ou tard une prédilection pour un comportement itératif, un comportement qui vise à structurer l'existence, à lui donner une ossature, une charpente, mais qui n'est jamais qu'une fragile membrane gonflée autour d'un vide et qu'un regard aigu, d'un instant à l'autre, peut venir crever. Pour ce qui est de la petite société des Guilleroy et de leurs « habitués », le regard aigu appartient à Bertin. Mais le peintre, tout comme Musadieu et la duchesse de Mortemain, « [joue] aux idées comme on joue à la balle » (R, 875). Comme les gens du monde qui ont « des goûts sautillants et douteux » (ibid.), chez qui rien « n'est profond, ardent, sincère » (R, 876), Bertin convertit la prise de conscience elle-même en une simple activité ludique.

Il est clair que la répétition, ludique ou autre, découle d'une profonde anxiété concernant le vide existentiel qui entoure les personnages, et que la tentative personnelle de Bertin, pour réitérer son amour pour la mère en tombant amoureux de la fille, n'est pas une exception à cette loi générale. Mais l'anxiété de Bertin découle, plus précisément, de son vieillissement et l'affection qu'il voue à Annette se présente comme une dernière agitation d'un cœur qui s'acharne à rester jeune, d'un homme qui commence à « s'attrister du poids de ses joues et des plissures de sa peau » (R, 884). Sans qu'il le comprenne du tout, l'artiste est atteint dès sa première vision de la jeune Annette. Quelques jours après le dîner qui fête le retour d'Annette à Paris, Bertin accompagne la duchesse de Mortemain, la comtesse de Guilleroy et sa fille dans un landau au bois de Boulogne. Assis en face de la comtesse et d'Annette, Bertin procède à une comparaison des deux femmes qui permet de constater une très forte ressemblance entre mère et fille. Elles sont « différentes, mais si pareilles en même temps que celle-ci était bien la continuation de celle-là, faite du même sang, de la même chair, animée de la même vie » (R, 885). Sans établir de rapport conscient entre son sentiment d'allégresse et la présence d'Annette, Bertin se fait déposer au Cercle à la fin de la promenade, se sentant soudain « alerte comme un jeune homme » (R, 890), se dirigeant vers la salle des armes « avec une impatience d'écolier qui va jouer » (R, 891). Même la douche après la séance lui rappelle « les bains de la vingtième année » (ibid.). Cette impression de rajeunissement ne fait que se confirmer le surlendemain. Seul cette fois-ci avec Annette, Bertin fait le tour du parc Monceau.[9] C'est au cours de cette deuxième promenade que Bertin a l'occasion de constater, en plus de « la ressemblance de leurs visages », une similitude frappante entre les deux femmes au niveau de leurs voix, à un point tel que, lorsque Annette parle, « un mot, un son, un rire... semblaient restés dans sa gorge depuis la jeunesse de sa mère » (R, 900). Bertin rentre chez lui en pensant : « Décidément... le printemps revernit tout le monde » (R, 901).

Ce rajeunissement dont Bertin croit sincèrement être le bénéficiaire, le peintre n'en reconnaît que très tardivement la véritable cause : à savoir, son amour pour Annette. Il n'a aucun mal à se convaincre, par exemple, que son « énervement de jeune homme » (R, 901) lorsqu'il est loin de la maison des Guilleroy, s'attache à la personne de la comtesse plutôt qu'à celle de sa fille. Aussi Ber-

9. Même à l'intérieur de ses amours répétées, Bertin accumule des répétitions : avec Annette, il fait « trois fois le tour du parc, repassant toujours devant les mêmes personnes, les mêmes nourrices, les mêmes enfants » (R, 900).

tin est-il un peu perplexe quand, seul avec sa maîtresse, il est encore en proie à « d'inexprimables besoins d'intimité » (R, 909). Ce malaise signale déjà au lecteur que Bertin recherche activement la présence de la jeune fille. De même, le « déplaisir » que Bertin ressent en compagnie du marquis de Farandal, ainsi que l'envie de lui dire « des choses irritantes et brutales » (R, 913), annoncent clairement au lecteur que le peintre est déjà jaloux du futur mari d'Annette. Bertin lui-même n'a qu'une vague conscience que quelqu'un est en train de lui prendre quelque chose, que quelqu'un viole « ses droits, des droits mystérieux et sacrés » (ibid.). Au vernissage du Salon, quelques jours plus tard, la comtesse à son bras, Bertin songe malgré lui à Annette qui visite une autre salle avec son prétendant. Il pense aussi à ce prétendant qui a désormais la possibilité de « marivauder près d'elle avec sa fatuité galante » (R, 914).[10] A partir de ce moment, l'amour pour Annette est en Bertin « comme une invisible épine enfoncée dans la chair » (R, 916). Son « impression de malaise et de mécontentement » (ibid.) par rapport à Farandal, ne fait que grandir. Bertin passe souvent la soirée avec la comtesse et Annette. Comme un jeune soupirant, il cherche à être spirituel devant elles, « ne [restant] pas longtemps d'ailleurs après que la jeune fille était partie » (R, 917).

Mais, plus Bertin devient amoureux d'Annette et moins il a envie de le reconnaître. Lorsque, par exemple, la comtesse fait comprendre à Bertin qu'elle sait tout, le peintre se lance dans une série de contorsions mentales dont le but désespéré est de se cacher à lui-même un aveu insupportable. Il se met à penser, « rôdant autour de la vérité sans se décider à la découvrir » (R, 962). Sa maîtresse a beau lui fournir des preuves irréfutables qu'il est amoureux d'Annette, il s'obstine à nier cette évidence. Sous la masse imposante de la déposition d'Any, Bertin est pourtant « troublé comme s'il venait d'apprendre un honteux secret de famille » (R, 965) et quelques heures plus tard il s'engage dans le processus au terme duquel il sera contraint de reconnaître les réalités de sa condition. Il essaie de se réconforter au moyen d'un « sophisme rassurant : ''On n'aime qu'une fois !'' » (R, 966). Il ose même prétendre à

10. Ce vernissage, ironiquement, ne « revernit » Bertin que pour mieux le ternir, car c'est aussi la première occasion où il est donné à Bertin de ressentir « une inquiétude sur son œuvre exposée dont, malgré les félicitations empressées, il ne sentait pas le succès » (R, 911).

ce summum de la mauvaise foi qui consiste à rendre Any coupable de le faire penser à Annette ! A la longue, pourtant, à la suite d'un nouvel interrogatoire chez Any, Bertin est enfin amené à assumer son amour pour la fille de sa maîtresse. C'est une décision qui livre le peintre aux tortures inévitables d'un désir puissant mais impossible à assouvir, souffrance qui est d'ailleurs largement partagée par la comtesse qui souffre « de toutes les façons » (R, 979) et qui connaît, elle aussi, « ses heures de torture » (R, 981). Bertin, « impuissant, asservi, enchaîné » (R, 987), est incapable de maîtriser ses sentiments, en dépit de ses meilleurs efforts en ce sens. Se sachant inguérissable, il finit par se complaire dans sa propre souffrance :

> *Et il songea soudain à la puérilité des poètes qui ont inventé l'inutile labeur de Sisyphe, la soif matérielle de Tantale, le cœur dévoré de Prométhée ! Oh ! s'ils avaient prévu, s'ils avaient fouillé l'amour éperdu d'un vieil homme pour une jeune fille, comment auraient-ils exprimé l'effort abominable et secret d'un être qu'on ne peut plus aimer, les tortures du désir stérile, et, plus terrible que le bec d'un vautour, une petite figure blonde dépeçant un vieux cœur* (R, 1007-8).

Il est évident que les arguments que Bertin avance afin de soulager sa conscience, cette manière un peu ridicule dont il cherche à s'éviter, constituent une nouvelle occasion pour mesurer la distance qui sépare le personnage du narrateur. Nombre de remarques faites par celui-ci, et dont nous avons relevé quelques-unes plus haut, constituent autant de moqueries ouvertes à l'égard de Bertin. Et pourtant, la manière de ces ironies et la façon dont Bertin est traité sont suffisamment équivoques — notamment dans le dernier passage cité — pour nous permettre de voir en lui, du moins en ce qui concerne son amour pour Annette, un personnage profondément humain. Les illusions que Bertin peut se faire sur le compte de ses sentiments peuvent même engendrer un certain pathétique dans son comportement, qui frise par moments le risible touchant de la conduite d'un Arnolphe envers son Agnès. Il semble bien, en effet, qu'en abordant ce thème, Maupassant puise dans une vieille tradition et que cet « amour éperdu d'un vieil homme pour une jeune fille » participe d'un certain classicisme, pour ne pas dire d'une certaine banalité chez l'écrivain. Aussi sommes-nous peu enclins à accorder trop de valeur à ce trait du roman lorsqu'il est question de la spécificité ou de l'originalité du texte.

Pour banal qu'il puisse paraître, cependant, cet amour impossible de Bertin pour Annette conserve un intérêt capital pour notre lecture de *Fort comme la mort*, en ce sens qu'il souligne la vulnérabilité du peintre et même une espèce d'entêtement dans la douleur : Bertin, pour ainsi dire, insiste sur son malheur. Dans une certaine mesure, il est vrai, le peintre est la victime passive d'une ressemblance entre Any et Annette : Bertin, d'ailleurs, reconnaît ce fait (voir R, 974). Il est capable de reconnaître, en outre, que son comportement manque de maturité, que sa « griserie juvénile » à la lecture de Musset, par exemple, « le poète des tout jeunes gens », cadre assez mal avec un léger regain de lumbago ! En se couchant un soir, il est même amené à se censurer en se disant « Vieux fou, va ! » (R, 973). Ce n'est pas que ces rares instants de lucidité nous autorisent à remettre en question la fascination qu'Annette exerce sur Bertin. Mais cette intelligence intermittente de sa condition, le fait que Bertin n'en tient pas compte et la manière précise dont il en vient à tomber sous l'empire d'Annette nous invitent à croire à une signification plus importante de cet amour, qui en ferait une *image* et qui concerne Bertin l'artiste, bien plus que Bertin l'homme ou Bertin le mondain. La possibilité se présente, en effet, que ce soit *l'esthétique* de Bertin, plus que sa sensibilité, qui soit « activée » par Annette de Guilleroy et que ce soit vers sa destinée d'artiste qu'Anne et Annette l'entraînent plutôt que vers son destin affectif. En effet, s'il y a réellement une évolution cruciale dans l'œuvre de Maupassant, elle est sans doute à rechercher dans une préoccupation grandissante pour les exigences et les difficultés du métier d'écrivain. L'un des plus fascinants aspects de *Fort comme la mort* est sans aucun doute la *thématisation* timide des questions esthétiques — notamment une tension entre l'originalité et la répétition — la principale modalité de cette thématisation étant la décision de faire du personnage central lui-même un artiste.[11]

Quelle est, au juste, la démarche que suit Bertin ? Son « amour » pour Annette est déclenché par la ressemblance physique entre elle et sa mère, que la ressemblance entre les voix des

11. Pour une discussion détaillée des rapports entre Maupassant et la peinture voir R, 1562-64. Louis Forestier souligne, notamment, que : « Malgré l'intérêt manifesté par Maupassant pour les questions picturales, elles ne constituent pas l'essentiel de *Fort comme la mort* » (R, 1563).

deux femmes ne fait que consolider. Mais cette ressemblance naturelle se double très tôt d'une ressemblance « sociale » ou factice. En effet, à mesure qu'Annette apprend son rôle mondain, elle n'est que trop contente d'imiter sa mère dont on n'a que du bien à dire. En ce faisant Annette ne fait que suivre le conseil de la duchesse de Mortemain : « Regarde ta maman, petite, elle est très bien... imite-la » (R, 874).[12] Mère et fille en viennent à se ressembler tant que le comte de Guilleroy lui-même est incapable de les distinguer et que Bertin ressent en leur présence « l'impression bizarre d'un être double, ancien et nouveau, très connu et presque ignoré » (R, 919). La différence entre Guilleroy et Bertin, pourtant, c'est que le comte aimerait bien savoir à laquelle des deux il s'adresse, alors que Bertin cherchera délibérément à provoquer en son esprit la confusion que Guilleroy cherche à éviter.[13] Lorsque Bertin propose de faire un portrait d'Annette (R, 924), le lecteur se doute depuis longtemps déjà que ce désir est motivé par l'extrême similitude entre les deux femmes, plutôt que par « l'originalité » d'Annette comme modèle.

En effet, le « nouveau » projet de Bertin signifie, en clair, que le peintre cherche à faire un second portrait d'Any et c'est à ce niveau esthétique que se situe l'intérêt principal du roman, Bertin étant victime d'ironies bien plus mordantes que celles visant le vieil homme qui tombe amoureux d'une jeune fille. Ne proteste-t-il pas, précisément, dans le premier chapitre du roman : « on ne fait pas deux fois un portrait d'Any » (R, 841) ? Or, à Roncières, en rentrant d'une promenade avec Any et Annette, Bertin ne cherche plus à dissocier les deux femmes en son esprit, ou l'effet sur lui qu'elles peuvent avoir :

> *Elles le guidaient, le conduisaient, et il allait devant lui, épris d'elles, de celle de gauche comme de celle de droite, sans savoir laquelle était à gauche, laquelle était à droite, laquelle était la mère, laquelle était la fille* (R, 942).

12. Conseil de répétition qui est lui-même répétition. A Pierre Roland, également, on conseille de donner dans la ressemblance. Le modèle cette fois-ci, c'est son frère : « Regarde Jean et imite-le » (R, 719).

13. Confusion que le peintre pourchasse jusque dans le domaine onomastique. D'« Anne » il a fait « Any ». D'« Annette » il fera successivement « Nanette » et « Nané ». A partir d'un rapport de diminutif, le nom de la fille en vient donc à revêtir une forme phonique qui souligne sa ressemblance à la mère.

C'est ici que nous lisons de la façon la plus claire qui soit, l'abdication d'Olivier Bertin devant l'engagement qu'exigerait l'originalité. Bertin, en cet instant, se rend à la répétition. C'est à ce moment que meurt définitivement la part de créativité que Bertin explorait jusque-là sans savoir au juste quel usage en faire. Comme le signale Louis Forestier, pour Bertin, Annette devient une « copie conforme » d'Any (R, 1567) et cette répétition deviendra le seul refuge pour cet artiste qui n'a jamais été, en vérité, qu'un producteur de « poncifs » : un timide qui, à vouloir n'offusquer personne, adopte un style qui ne suscite à la longue qu'indifférence de la part du public. Or, l'indifférence du public est une chose, l'hostilité ouverte de la critique, à laquelle Olivier Bertin a « toujours été sensible », en est une autre : Bertin recevra « comme un coup de poing en pleine poitrine » une référence à son « Art démodé » (R, 1010). Ce n'est pas la moindre des ironies de *Fort comme la mort* que ce portraitiste, dont la mission est, en principe, de dégager l'unicité de chaque modèle, finisse par vouloir reproduire une seconde fois l'apparente « unicité » d'un ancien.

Par simple veulerie, par un dandysme mal maîtrisé ou, avant tout peut-être, par dilettantisme artistique, Bertin se laisse enfermer entre les deux pôles d'une oscillation stérile, un va-et-vient qui exclut d'emblée toute possibilité de progression ou d'évolution. Tel un spectateur à une partie de tennis, dont les mouvements de tête ont nécessairement un aspect ridicule et nauséeux, Bertin s'installe de plein gré sur son gradin à lui, afin de pouvoir suivre la partie mécanique que la beauté féminine lui propose : le soir, dans le parc à Roncières, « il leur parlait à tour de rôle, en tournant la tête vers l'une et vers l'autre » (R, 948). Faut-il donc s'étonner que, quelques heures auparavant, Bertin ait justement saisi l'occasion de faire une partie de tennis avec la petite Annette ? Cette partie de tennis, c'est déjà le piège de la répétition qui se tend, et en montant au filet pour battre Annette, Bertin s'y prend. Précisons : ce n'est pas qu'Annette cherche à dominer Bertin, ni Any d'ailleurs. A vrai dire, Bertin est quasiment indifférent à la beauté d'Any telle qu'elle se présente à lui à Roncières : pendant la partie de tennis Bertin ne jette à sa maîtresse qu'un « coup d'œil court et distrait » (R, 945). Si Bertin était « l'esclave » de cette belle personne, l'esclavage aurait très bien pu évoluer au même rythme que le visage de la maîtresse adorée. Ce n'est pas, non plus, la beauté d'Annette *per se* qui tient

Bertin prisonnier : c'est le *souvenir* du visage de la *jeune* Any. La ressemblance entre la mère et la fille devient pour Bertin, à ce moment-là, une machine à remonter le temps, vers la jeunesse... mais aussi vers une époque de fécondité artistique.

3 *L'Heure*

En effet, le bruit régulier et monotone que fait la balle contre les raquettes de deux joueurs pendant une partie de tennis, évoque avant tout le tic-tac d'une pendule — « monotone et régulier — "ça va, ça va, ça va" » (R, 998). Au-delà des rapports qu'elle peut articuler entre Bertin et la société frivole, ludique et théâtrale à laquelle il appartient, sa partie de tennis avec Annette, ainsi que ce mouvement de tête de Bertin pendant la promenade qu'il fait, le soir à Roncières, en compagnie des deux femmes, ont pour conséquence majeure d'ancrer l'artiste dans un rapport particulier et fixe avec le *temps*. Ce n'est guère une coïncidence, d'ailleurs, si Maupassant décide de situer cet épisode capital du roman dans le département de l'*Eure*, ou que la propriété ancestrale des Guilleroy reçoive pour nom « Roncières » : c'est précisément dans les *ronces* inextricables d'un *hier* inoubliable que Bertin sera progressivement emmêlé.

Quantité de références qui jalonnent le récit soulignent cette importance de la temporalité comme thème dans *Fort comme la mort*, faisant allusion au déroutant et double caractère du temps : aux périodes qui sont perçues comme simultanément lointaines et proches (R, 995), à la « besogne horrible du temps qui court » (R, 997-98) ou à la « fuite formidable des instants » (R, 998) ; mais aussi aux « heures qu'il [faut] émietter » ou au « temps qui ne [marche] pas » (R, 968). Au regret et à l'ennui que cette sinistre perception subjective ne manque de faire surgir, il faut ajouter la conscience de la fuite régulière et continue du temps, « jour par jour, heure par heure, minute par minute » (R, 996) et, surtout, la conscience de *l'irréversibilité* de cette fuite.[14] Comme le souligne la duchesse de Mortemain : « On ne peut rien tenir, on ne peut rien garder. On n'a même pas le temps de goûter ce qui est bon. C'est déjà fini » (R, 940). Le dernier son du roman, alors que la comtesse de Guilleroy veille aux côtés d'Olivier Bertin mourant, est celui de « la haute horloge flamande de l'escalier qui, régulièrement,

14. Pour une exposition détaillée du thème, voir l'étude de Vladimir Jankélévitch, *L'Irréversible et la nostalgie* (Flammarion, 1974).

carillonnait l'heure, la demie et les quarts, chantait dans la nuit la marche du Temps, en la modulant sur ses timbres divers » (R, 1028).

Nous avons déjà pu constater, chez Any ainsi que chez Bertin, les sentiments d'angoisse et de panique engendrés par la fuite du temps et les efforts éperdus des deux personnages — maquillage chez l'une, activité sportive chez l'autre — afin de ralentir les effets de ce « glissement de l'heure » (R, 998). Olivier Bertin, surtout, se pose en adversaire à la fois de l'irréversibilité de la temporalité et de son « incompressibilité ».[15] C'est-à-dire qu'il cherche non seulement à retarder l'épanouissement de son « ventre un peu saillant » (R, 944), par exemple, au moyen de l'équitation et les armes, mais aussi à hâter l'arrivée de sa maîtresse, persuadé qu'il suffirait, pour tromper la temporalité et faire venir Any, de s'approcher de sa pendule et de « soulever, d'un coup d'ongle, le verre bombé sur les deux flèches d'or qui tournaient, et [de] pousser la grande du bout du doigt jusqu'au chiffre qu'elle atteignait si paresseusement » (R, 854). Bertin, en effet, paraît quelquefois nourrir l'espoir de minimes victoires sur la temporalité, tel un bandit qui chercherait à la voler ou un sorcier qui chercherait à la réinventer.[16]

15. Ibid., p. 42.

16. Le caractère chimérique de telles tentatives de rajeunissement fait déjà l'objet d'une parodie outrée au troisième chapitre du roman, lorsque Bertin se rend au Cercle. Après l'assaut et la douche, le peintre dîne en compagnie de quatre « vagabonds nocturnes de Paris » (R, 891), des hommes de son âge à peu près : Maldant, Liverdy, Rocdiane et Landa. Amaury Maldant, dans un premier temps, « un petit maigre, chauve, avec une barbe grise », affirme qu'il a « toujours un retour de sève en avril ». Ensuite Rocdiane et Landa, plus âgés que Maldant, se vantent « d'être plus jeunes, en tout, que les polissons énervés de la génération nouvelle » (R, 892). Rocdiane va jusqu'à prétendre que Paris est « la seule ville où un homme ne vieillisse pas ». Il se demande même si « les hommes ont un âge ici » et lance, en manière de bouquet final, ce paradoxe encourageant : « nous rajeunissons en blanchissant » (R, 893). Badinages de pères de famille bedonnants qui ne manquent de virer au ridicule. Ils sortent de table pour assister au concert du Cercle, au terme duquel Bertin surprend ses convives congestionnés « en des postures naïves d'attention changée en sommeil » (R, 895) ! Le but est clair : placer sous un jour ironique l'apparent « rajeunissement » d'un Bertin ou d'une comtesse de Guilleroy qui est à l'étude. On apprécie la force comique de l'épisode, tout en se demandant, pourtant, si ce rapide passage au Cercle est strictement nécessaire sur le plan esthétique. Faut-il croire à une ruse de dramaturge qui chercherait à égayer le ton par ailleurs mélancolique de sa pièce ? Ou Maupassant cède-t-il à un tic de conteur de farces ?

L'ennemi le plus redoutable pour la plupart des mondains, c'est l'avenir : ou plutôt le devenir. Afin de l'entraver, la comtesse de Guilleroy a recours en permanence à une impressionnante panoplie de produits de beauté. Il s'agit, en effet, d'un véritable nécessaire de chirurgie esthétique :

> *[ces] petits instruments de coquetterie... innombrables, jolis, différents, destinés à des besognes délicates et secrètes, les uns en acier, fins et coupants, de formes bizarres, comme des outils de chirurgie pour opérer des bobos d'enfant, les autres ronds et doux, en plume, en duvet, en peau de bêtes inconnues, faits pour étendre sur la chair tendre la caresse des poudres odorantes, des parfums gras ou liquides* (R, 943).[17]

Comme toutes les mondaines de son âge, Any se cramponne à tout ce qui peut l'aider à garder « jusqu'à sa mort le charme, la fraîcheur et la grâce » (R, 998). Comme les autres, elle comprend qu'il faut vieillir et mourir : mais, se demande-t-elle, « pourquoi si vite ? » (ibid.).

L'autre élément majeur de cette stratégie pour conserver la beauté, ou du moins pour en conserver l'illusion, c'est l'aménagement adroit des sources de *lumière*. La comtesse vit, de préférence, sous l'éclairage artificiel. Son salon est une « grande pièce assombrie par les rideaux » (R, 883), éclairée par des « lampes en porcelaine », dont la « lumière douce et régulière, atténuée par des transparents de dentelle jetés sur les globes » (R, 904), met en valeur la beauté synthétique de la comtesse. Ce qu'elle évite avant tout ce sont des « comparaisons en plein soleil » (R, 918) avec sa fille, la lumière du grand jour agissant au profit de la beauté naturelle d'Annette. Ainsi, pour recevoir Bertin, la comtesse préfère rester à l'intérieur du château de Roncières, « dans la demi-ombre du salon », craignant de se hasarder avec Annette dans la « lumière du mois d'août » (R, 936). C'est à Roncières, en effet, que la tactique de la comtesse risque de se heurter à des difficultés insurmontables. Ce séjour estival donne fatalement lieu à des excursions dans la campagne : cadre où la « jeunesse lumineuse » d'Annette domine nettement. Tant que les deux femmes se trouvent à Paris, où la vie peut se mener presque exclusivement à l'intérieur, Any conserve

17. Voici, également, une façon de juxtaposer à nouveau la comtesse et Bertin, les instruments de beauté d'Anne de Guilleroy, assise en face de son miroir, évoquant métaphoriquement les instruments du peintre debout en face de sa toile.

un certain avantage par rapport à sa fille. Mais à Roncières il devient impossible de masquer le travail du temps. Comme le fait remarquer Louis Forestier, Roncières c'est « le lieu de vérité, celui où la conscience ne saurait échapper à elle-même » (R, 1568). Avant peu, la comtesse cède au désir de quitter « ce pays clair où l'on voyait trop, dans le grand jour des champs, les ineffaçables fatigues du chagrin et de la vie » (R, 952). Elle ne retrouve l'apaisement que dans l'appartement parisien, « dans l'ombre de l'escalier, puis dans l'ombre de son salon, puis dans l'ombre de sa chambre » (R, 953).

La sombre existence de la comtesse, dernier retranchement dans sa lutte contre un devenir irréversible, n'est pas sans rapport avec l'état de Bertin et sa propre relation à la temporalité. Car le peintre, lui aussi, affectionne l'obscurité. Le portraitiste habite une « haute pièce sévère et drapée » dans laquelle « la clarté joyeuse du ciel s'atténuait, devenait douce, s'endormait sur les étoffes, allait mourir dans les portières, éclairait à peine les coins sombres » (R, 837). En effet, Bertin vit dans le noir : ou plutôt, il vit *pour* le noir. C'est chez la duchesse de Mortemain qu'Olivier Bertin rencontre pour la première fois la comtesse de Guilleroy : « une jeune femme en grand deuil, sortant alors qu'il entrait, et dont la rencontre sous une porte l'éblouit d'une jolie vision de grâce et d'élégance » (R, 846). Et douze ans plus tard, à table un soir à Roncières, assis en face d'Annette, Bertin s'écrie : « Dieu ! qu'elle est jolie en noir ! » (R, 939). Ou encore, après ce même repas, pendant une promenade devant le château, suivant du regard la jeune fille qui court dans « l'onde lunaire », Bertin se trouve « émerveillé de cette vision noire » (R, 940). C'est une fascination qui frise bientôt la morbidité, car le lendemain Anne, Annette et Bertin se rendent au cimetière du village pour visiter la tombe de Mme Paradin. Lorsque les deux femmes se mettent à genoux afin de prier, Bertin y voit « un ravissant tableau » (R, 946).

Dans le système de signification de *Fort comme la mort*, cet entraînement presque maladif vers le noir est susceptible d'au moins deux interprétations : interprétations plus complémentaires qu'opposées. Dans un premier temps, il est possible de voir dans le ravissement qui saisit Bertin devant le spectacle d'Annette en deuil comme une surdétermination du thème de l'amour ressuscité. C'est la robe noire d'Annette, tout autant que son visage ou sa voix, qui avive chez Bertin le souvenir des premiers temps de son amour pour Any. Mais au-delà de cette simple réitération vestimentaire, la séduction du noir et l'emprise du deuil signifient une attirance vers ce qui est terminé, le passé : en somme, vers ce qui est déjà fait. Annette évoque si complètement Any que Bertin remonte ainsi vers une époque d'amour et de jeunesse. Mais il ne s'agit pas d'une simple fonction de l'affectivité chez Bertin. Cette « évocation de l'autrefois » (R, 949) constitue, également, un puissant rappel d'une période de fécondité artistique : l'époque où Bertin fit le portrait d'Any. Le peintre est emprisonné dans le noir, non seulement en ce sens qu'il languit dans l'obscurité de son studio, effectuant des « voyages de la porte au bahut », mimant ainsi « la promenade abominable du prisonnier dans son cachot » (R, 968), mais aussi parce qu'il est incapable de se libérer d'une œuvre déjà faite.

Cette attirance vers le déjà-fait, vers la grande œuvre du passé, vers une époque de talent, de facilité et d'adulation, c'est dès les premières lignes du texte que nous pouvons la lire. La première image qu'il nous est donné de voir dans *Fort comme la mort*, constitue précisément un espace de création, une « page », ou mieux une toile que Bertin contemple en essayant d'y « peindre » un nouveau tableau :

> *Le jour tombait dans le vaste atelier par la baie ouverte du plafond. C'était un grand carré de lumière éclatante et bleue, un trou clair sur un infini lointain d'azur, où passaient, rapides, des vols d'oiseaux...*

Or, la lumière qui arrive à Bertin à travers sa lucarne, si « éclatante » qu'elle soit, est également « bleue ». Le vide que Bertin cherche à remplir n'est pas un « blanc », en effet. Il est déjà occupé par le souvenir ineffaçable d'un ouvrage antérieur : le portrait d'Any peint douze ans auparavant. Car cet azur du ciel et ces oiseaux qui le maculent constituent une allusion très précise à l'œil d'Any, c'est-à-dire à l'élément de sa physionomie qui avait le plus marqué Bertin au moment de leur première rencontre, avec son « iris bleu taché d'imperceptibles points noirs comme des éclaboussures d'encre » (R, 842). Fait encore plus lourd de conséquences pour Bertin, lorsqu'il contemple simultanément la comtesse et sa fille, il constate que leurs yeux sont « tout à fait les mêmes, également tachetés de points noirs, pareils à des minuscules gouttes d'encre tombées sur l'iris bleu » (R, 873).[18] Les deux femmes sont « comme deux sœurs d'âge très différent » (R, 872), et Bertin, comme nous l'avons vu plus haut, est inéluctablement amené à peindre en portrait la fille, tout comme il avait peint la mère. Ici encore, le début du roman avait prévu cette répétition obsessionnelle. Alors qu'il contemple toujours la « baie ouverte du plafond », Bertin entrevoit des figures. Mais celles-ci ressemblent toutes « à quelque chose qu'il avait fait déjà, toutes les femmes apparues étaient les filles ou les sœurs de celles qu'avait enfantées son caprice d'artiste » (R, 839). Et Bertin, au fur et à mesure que sa passion pour Annette grandit, de se rendre compte qu'il est déjà passé par là. Que cherche-t-il donc à faire en faisant le portrait d'Annette ? Et quelle peut être, plus précisément l'esthétique d'un artiste qui est obsédé par le déjà-fait ?[19]

En cédant au désir de faire le portrait d'Annette de Guilleroy, Olivier Bertin cède, dans la pratique, au désir de *refaire* le portrait d'Any. Il cède, en fait, à l'une des nombreuses chimères engendrées par ce que Vladimir Jankélévitch appelle « la résistance à l'irréversible »[20] : en l'occurrence, la chimère de la répétition. Bertin tente de revivre une expérience passée en se servant d'Annette comme machine à remonter le temps. Mais, comme l'indique Jankélévitch, « notre effort pour susciter "à nouveau" l'apparition d'une expérience ancienne aboutit en fait à une expérience nouvelle ».[21] Ce qui revient à dire qu'Annette n'est pas Any. Bertin, pourtant, croit fermement se trouver en face d'une deuxième Any,

18. Plus loin, Maupassant revient encore sur « ces yeux bleus éclaboussés de gouttelettes noires » (R, 885) et « leurs yeux bleus pareils, pointillés de grains noirs » (R, 948).

19. Étrange choix, pourtant, que ces traces du travail antérieur dans l'œil de la maîtresse et de sa fille (ainsi que dans la « baie ouverte » de l'artiste), puisqu'il s'agit de « gouttes d'*encre* » et non pas de taches de couleur. C'est, par conséquent, un choix déterminant en ce qui concerne nos soupçons quant à la provenance de l'obsession. Ne pourrait-on pas en déduire que c'est l'écrivain plutôt que l'artiste qui remet en cause sa propre esthétique ?

20. C'est le titre du deuxième chapitre (pp. 70-153) de *L'Irréversible et la nostalgie*.

21. Ibid., p. 34. Ou encore : « le "bis" de la seconde fois est aussi semelfactif que la première fois ; loin d'être la servile reproduction, la réédition itérative de l'édition "princeps", la deuxième fois est elle-même inédite et première-dernière ! » (p. 57).

tant Annette « [brouille] les époques, les dates, les âges de son cœur » (R, 949). Il faut admettre que Bertin est confronté à une difficulté tout à fait insolite. L'Histoire semble lui avoir joué, en effet, un vilain tour. Car en matière d'apparences, Annette constitue réellement pour Bertin la réincarnation de sa jeune maîtresse. Le malheur de Bertin est de se heurter une deuxième fois à une surface déjà connue. La démarche, toutefois, qui consiste à vouloir investir cette contingence d'une signification qui la précède, signale au lecteur l'existence d'un important écueil dans l'esthétique bertinienne. Faut-il condamner l'artiste, ou le plaindre ?

Bertin, en somme, fait la douloureuse découverte de l'impossibilité de l'originalité. A tout le moins constate-t-il que l'œuvre originale est une œuvre unique. En tant qu'*homme,* Bertin se jette dans un amour impossible pour une jeune personne en qui il s'acharne à voir une seconde incarnation de sa maîtresse. Lorsqu'il se rend compte, à la longue, qu'il sera à jamais possédé par ce mirage du passé, mais incapable de le posséder, Bertin préférera chercher « l'Éternel Oubli » (R, 1028). Mais cet éternel oubli s'impose à Bertin *l'artiste* d'une manière tout aussi définitive et accablante. Il souffre, si on veut, d'une espèce de déformation professionnelle, ou des conséquences logiques d'une esthétique de l'observation : d'une esthétique qui privilégie les surfaces. Une part importante de l'ironie aux dépens de Bertin tient justement à ce qu'il en est réduit à faire des copies de ses propres tableaux.

A son actif Bertin peut toutefois compter une brève tentative pour échapper à la tyrannie de l'observation. A Roncières, lors de la promenade du soir, serré entre les deux femmes, Bertin cherche à atténuer l'importance de la vue au profit de la *sensation* :

> *Il ne cherchait pas à les voir, puisqu'il les avait contre lui, et même il fermait les yeux pour mieux les sentir. Elles le guidaient, le conduisaient, et il allait devant lui, épris d'elles, de celle de gauche comme de celle de droite, sans savoir laquelle était à gauche, laquelle était à droite, laquelle était la mère, laquelle était la fille. Il s'abandonnait volontairement avec une sensualité inconsciente et raffinée au trouble de cette sensation. Il cherchait même à les mêler dans son cœur, à ne plus les distinguer dans sa pensée, et il berçait son désir au charme de cette confusion. N'était-ce pas une seule femme que cette mère et cette fille si pareilles ?* (R, 942).

Ce qui paraît être à première vue une tentative pour créer un palimpseste, restera au stade d'une simple superposition. Bertin, en vérité, ne cherche pas à « lire » Annette à travers Any, ni le contraire. Il cherche à les faire coïncider, à en faire une seule femme, un même tableau.

Mais il n'arrivera pas à favoriser longtemps la sensation. Le lendemain, au retour du cimetière, il regarde Annette « avec ravissement, comme on regarde une aurore, comme on écoute de la musique, avec des tressaillements d'aise quand elle se baissait, se redressait » (R, 948-49). Et c'est pendant cette même balade que Bertin parle aux deux femmes « à tour de rôle, en tournant la tête vers l'une et vers l'autre » (R, 948). C'est peut-être là l'image la plus caractéristique de Bertin. En se plaçant entre les deux femmes de cette manière, en les regardant tour à tour, Bertin se condamne à constater sans cesse leur identité, à être, en somme, un spectateur fasciné, au sens fort de ce dernier terme. Tel le mouvement hypnotique de la montre d'un aliéniste, la comparaison constante que s'impose Bertin le met dans un état de dépendance, de paralysie ou d'hypnose qui l'empêche de créer. Plus : le mouvement oscillatoire de la tête de Bertin en fait un balancier d'horloge dont la mobilité constante a pour conséquence de le placer en permanence au-dessus de l'instant et qui élimine, de ce fait, tout intervalle entre le passé et le présent et donc toute faculté mémorielle. Bertin vit dans l'achronie. Il n'est pas à la recherche d'un temps perdu, mais d'un temps immobile, c'est-à-dire un temps intemporel.

Bertin, c'est le moins qu'on puisse dire, est un personnage problématique. Le roman ne l'est pas moins. « L'Éternel Oubli » où se repose le peintre à la fin du récit fait évidemment allusion à sa mort, comme il peut faire allusion à l'inconséquence de cette mort — dernier geste espiègle d'une narration où foisonnent les ironies à l'égard du talent de Bertin. Mais derrière ces taquineries intermittentes se construit un débat hésitant autour de la notion de l'originalité : est-elle possible ? Le cas de Bertin, en dernière analyse, rend hasardeuse toute conclusion sur le compte du peintre tel que Maupassant nous le présente. Le rôle de la contingence historique dans l'échec de son esthétique occupe une place trop importante pour que l'on puisse faire prévaloir une évidente absence de confiance ou de résolution chez le portraitiste. A moins que le dénouement heureusement polysémique du roman ne vise à cacher une indécision tout aussi anxieuse chez son auteur...

22. Ibid., p. 152.

Conclusion

Comme Pierre Roland, dans *Pierre et Jean,* Olivier Bertin fait la découverte de « l'autre qui est en nous » (R, 736), une altérité dont la critique privilégie parfois l'aspect sexologique chez Maupassant. Nous avons essayé de démontrer que, dans *Fort comme la mort*, l'anxiété envers *l'autre* émane davantage d'une esthétique que Maupassant hésite à adopter : à savoir, une créativité libérée par la mémoire affective. En effet, la démarche d'Olivier Bertin — le désir de revivre le passé tel qu'il fut, plutôt que de le retrouver à travers une mémoire qui lui donne toute son importance — constitue une pré-parodie de la démarche proustienne. Il n'en est pas moins vrai que, par de nombreux côtés, Olivier Bertin annonce — par antinomie — le narrateur de *Combray*, comme le démontrent ces « évocations subites », ou ce « rappel d'événements effacés », libérés par « les odeurs errantes... les odeurs chaudes des soirs d'été, les odeurs froides des soirs d'hiver » (R, 899).[1]

1. Louis Forestier signale que Maupassant « apparaît comme l'intermédiaire entre Baudelaire... et Proust, dans l'art de susciter le souvenir par la sensation » (R, 1588). Le passage cité de *Fort comme la mort* continue dans les termes suivants : « Était-ce l'herbe mouillée ou la fleur des marronniers qui ranimait ainsi l'autrefois ? Non. Alors, quoi ? Était-ce à son œil qu'il devait cette alerte ? Qu'avait-il vu ? Rien. Parmi les personnes rencontrées, une d'elles peut-être ressemblait à une figure de jadis, et, sans qu'il l'eût reconnue, secouait en son cœur toutes les cloches du passé » (R, 899). Comme le fait remarquer André Maurois, « Maupassant a quinze ans d'avance sur la petite madeleine » (*Fort comme la mort*, p. 27). André Vial, également, fait remarquer que ce passage constitue « une étonnante anticipation de la méditation sur la madeleine de Proust » (*Maupassant et l'art du roman,* p. 117, n. 1). Sur Maupassant et Proust, voir aussi Joseph-Marc Bailbé, « Fonc-

Pourtant, si la puissance indubitable de tels moyens d'évocation est régulièrement constatée par Maupassant, leur caractère menaçant ne l'est pas moins. L'évidente propension d'Olivier Bertin pour la musique, par exemple — notamment le *Faust* de Gounod, qui est en lui-même un choix révélateur étant donné le thème principal du roman — constitue un autre facteur qui évoque le roman de Proust. Maupassant, toutefois, met l'accent sur les aspects angoissants de l'écoute. La musique ne fait que déclencher, chez Bertin, « une ivresse nerveuse », où l'imagination se comporte « comme une folle, grisée par les mélodies » (R, 894). La musique est « vapeur de songe » (R, 895), ou bien encore, « invisible et irrésistible mystère... qui s'épand à travers les corps, affole les nerfs et les âmes » (R, 1000). Bref, la musique constitue une sorte de stupéfiant qui provoque un état hypnotique, pour ne pas dire hystérique, soustrayant le personnage à lui-même.[2] Pour Bertin, semble-t-il, que ce soit par l'intermédiaire des odeurs ou de la musique, la mémoire affective ne facilite pas la création, elle la paralyse.

Ce n'est pas une coïncidence, sans doute, qui veut qu'en cette année de la publication de *Fort comme la mort*, paraisse également la thèse doctorale d'Henri Bergson : *Essai sur les données immédiates de la conscience.* Sans avoir de raisons particulières de croire que Maupassant connaissait le travail de Bergson, il est difficile de ne pas remarquer à quel point Olivier Bertin semble incarner l'antithèse systématique de l'artiste tel que le philosophe de la durée le concevra. Le statut de *mens momentanea* auquel Bertin est réduit par la ressemblance entre la comtesse de Guilleroy et sa fille, range

tion du paysage dans les derniers romans de Maupassant », dans *Le Paysage normand dans la littérature et dans l'art,* Presses Universitaires de France, 1980 (pp. 169-83). Armand Lanoux, pour sa part, signale (*Maupassant le Bel-Ami,* p. 340) que Maupassant a fait la connaissance de Proust chez Mme Straus en 1888.

2. Comparer le personnage de Paul Brétigny, dans *Mont-Oriol*, qui dit à Christiane de Ravenel : « il me semble que je suis ouvert ; et tout entre en moi, tout me traverse, me fait pleurer ou grincer des dents ». Quelques lignes plus loin Brétigny entretient Christiane à propos des odeurs : « si vous saviez quelles jouissances je dois à mon nez. Je bois cet air-là, je m'en grise, j'en vis, et je sens tout ce qu'il y a dedans » (R, 533). La musique, également, occupe une place importante dans sa sensibilité : « Quand j'écoute une œuvre que j'aime, il me semble d'abord que les premiers sons détachent ma peau de ma chair, la fondent, la dissolvent, la font disparaître et me laissent, comme un écorché vif, sous toutes les attaques des instruments » (R, 536-37).

le peintre fermement dans le camp de l'ordre « mécanique ». En effet, tout se passe comme si Maupassant parodiait — avant la lettre — la définition de l'œuvre d'art que Bergson va élaborer. Bertin est amené à renoncer à son état d'organisme et, d'une position initiale de participation active à la création, il en vient progressivement à adopter la passivité d'un spectateur : situation où, pour le bergsonien, « l'ordre tout chaud de la spontanéité cède à l'ordre réchauffé de l'artifice ».[3] On peut même affirmer que Bertin tente de faire de l'acte créateur une *habitude* : la « création » du tableau d'Annette n'est, en somme, que le simulacre de la création, puisque ce tableau est une simple copie d'un tableau existant. Bref, Bertin est récupéré par l'intelligence aux dépens de l'intuition — toujours au sens bergsonien de ces deux derniers termes. Bertin serait, par conséquent, l'artiste de la *non-durée*. Ce second portrait d'Any — c'est-à-dire le portrait d'Annette — constitue une pure répétition, une répétition qui démontre clairement qu'aucun changement ou évolution n'a eu lieu chez Bertin au cours des douze années qui se sont écoulées. Bertin vit, si on préfère, du moins en ce qui concerne son esthétique, dans une perpétuelle *instantanéité* : un état où la perception semble toujours dominer le souvenir. Ne possédant aucune faculté mémorielle, Bertin est incapable de se souvenir puisqu'il est *incapable d'oublier* : « L'Éternel Oubli » qu'il s'impose n'est pas un moyen d'échapper à un souvenir douloureux, mais plutôt un moyen de se libérer d'une *perception* toute-puissante, substituant l'achronie de l'infini à celle de l'instantanéité. C'est une mort ironique, en effet, dans la mesure où elle n'institue pas un véritable changement en ce qui concerne le rapport entre Bertin et le temps.

La mort de Bertin, à vrai dire, représente l'ultime ironie à son égard de la part d'une narration qui abonde en moqueries. Les capacités de création d'Olivier Bertin, comme nous l'avons vu, sont remises en question dès les premières lignes du texte. Par rapport, surtout, au grand chanteur d'opéra, Montrosé, le mépris de Bertin ne peut manquer de susciter un certain effet comique, l'artiste s'irritant du succès de « cette perpétuelle représentation des types humains... cette illusoire personnification des hommes rêvés », considérant le chanteur comme un « cabotin », ou un « mannequin

3. Vladimir Jankélévitch, *Henri Bergson* (PUF, 1959), p. 61.

nocturne et fardé qui joue tous les rôles à tant par soir » (R, 1003). Pour Bertin, Montrosé est un « pitre » qui ne fait qu'interpréter « une pensée étrangère » (R, 1006). Bref, Montrosé ne crée pas, il imite, pour assouvir sur commande, le désir du consommateur. C'est un prostitué, en somme.[4] Or, l'analyse vaut pour Bertin également. Le peintre aussi, se vend à son public, prenant le rôle de portraitiste des jolies Parisiennes. Pire encore, Bertin, incapable d'originalité, finit par s'imiter lui-même !

Mais que faut-il conclure par rapport à Maupassant ? Les fréquentes ironies à l'égard de Bertin doivent nous avertir de la manipulation dont le personnage est victime. Si, aux yeux de Bertin, Montrosé est un simple pantin, nous ne pouvons oublier l'ironie très puissante qui fait d'Olivier Bertin le pantin de Maupassant. Le peintre, après tout, n'est pas réellement un « vieux fou » (R, 973). Son comportement étrange lui est imposé, dans une très large mesure, par des événements tout à fait insolites. Il est surtout placé dans une situation esthétique intolérable à cause d'une ressemblance extraordinaire qui est de toute évidence une manœuvre de la narration. A suivre le sort bizarre de Bertin, il devient de plus en plus clair que le peintre ne serait que le dindon de son créateur, qui tient à retourner une question sensible sans s'y risquer lui-même : l'originalité, est-elle possible ? Maupassant, comme on pouvait s'y attendre, répond en bon Normand : oui ... et non. L'originalité semble possible, à en juger par le sort d'Olivier Bertin, à condition de ne la viser qu'une seule fois. Par contre, un artiste qui cherche à produire une série de portraits originaux, tombera fatalement dans le piège de la répétition servile. En d'autres termes, *œuvre,* dans le cas de Bertin, devient synonyme d'*ouvrage*. Voilà, peut-être, une façon pour Maupassant de dire son mépris pour les portraitistes, tout comme Bertin dit le sien pour les chanteurs d'opéra ! Mais plus important est le refus implicite de la part de Maupassant, de cette « école de l'observation » — entendons le Naturalisme au sens le plus large — à laquelle Paul Bourget, entre autres, liait volontiers l'auteur : lien solide dont on n'a pas encore fini de desserrer toutes les attaches. Car les difficultés auxquelles

4. Pour ce qui est de l'analyse sociale menée par Maupassant, tout ce passage traitant de la représentation de *Faust* (R, 999-1007) à l'Opéra de Paris, est à rapprocher des pages consacrées aux Folies-Bergère dans le premier chapitre de *Bel-Ami* (R, 206-10).

Bertin se heurte découlent, pour l'essentiel, d'un zèle trop marqué à l'endroit d'une esthétique de l'observation. Aussi pourrait-on voir dans *Fort comme la mort* un récit édifiant, une mise en garde décrivant le sort néfaste qui attend celui qui donne tête baissée dans les apparences : ce que Maupassant définit, dans « Le Roman », comme « la photographie banale de la vie » (R, 708).[5]

Et pourtant, pour que Bertin se laisse prendre au piège de la répétition exacte, il doit tomber sur des sujets identiques en tous points et, de plus, pratiquer un observationnisme à l'état pur. Or, il faut convenir de l'invraisemblance de ces deux conditions et, en mesurant tout ce qu'il y a de caricatural dans le « photographisme » d'Olivier Bertin, nous mesurons aussi, dans un premier temps, la distance qui sépare Maupassant de son personnage et des lecteurs qui voulaient faire de l'auteur un simple « observateur ». Le choix d'un peintre comporte, donc, un élément plaisant, en ce sens qu'un peintre qui répète des images, constitue une excellente image de la répétition. Mais, dans un second temps, on peut difficilement écarter l'hypothèse que cette distance ironique protège Maupassant autant qu'elle stigmatise son personnage. C'est-à-dire que, l'équivoque de l'ironie aidant, le choix d'un peintre souligne à quel point Maupassant a pu chercher à se préserver d'un contact trop direct avec un thème qui l'impliquait abondamment — l'originalité artistique — et qui l'aurait d'autant plus gêné, sans doute, s'il avait pris un écrivain comme personnage principal. Le silence que Maupassant fait adopter à Bertin à la fin du roman, trahit un aveu de l'écrivain. Certes, Maupassant ne s'estime pas coupable de « photographie banale » : dans son essai « Le Roman », il s'exprime on ne peut plus clairement à ce sujet.[6] Mais le désarroi où Bertin est plongé par l'intuition passagère de la mémoire affective, ainsi que son silence ultime, indiquent que la pratique littéraire de Maupassant — aussi bien que la pratique picturale de son personnage — s'arrête en deçà de toute idée d'une « évolution créatrice ».

5. Voici, en effet, l'une des raisons pour lesquelles Maupassant a pu faire de son personnage principal un *peintre,* et surtout un *portraitiste,* le poncif étant une évidente métaphore pour la banalité photographique.

6. Voir, par exemple, R, 709 où Maupassant insiste sur le fait que « les Réalistes de talent devraient s'appeler plutôt des Illusionnistes ». Il est même possible de voir dans l'observationnisme caricatural où Bertin s'enlise, l'expression d'une incrédulité chez Maupassant par rapport à ceux qui s'obstinent à ignorer la part de vision personnelle dans le travail de celui qui fait du « naturalisme ».

Le 14 février 1882, dans un article du *Gaulois*, Maupassant écrit : « Tout change. Tout passe ». Dans *Gil Blas,* le 10 juin 1884, il se plaint, au contraire, de ce que « rien ne change... rien ne passe ».[7] Étrange perception du temps que ce regret qui bascule si aisément vers l'ennui. En vérité, ce sont deux manières d'affirmer une opposition à la temporalité. Se blesser de ce que le temps passe trop vite ou trop lentement, équivaut dans l'un et l'autre cas à un refus du temps et, conformément à ce refus, un désir d'identité ; c'est-à-dire, un désir de rester ce que l'on est, mais aussi de rester le *même,* ne pas vouloir changer. « L'Éternel Oubli » qu'Olivier Bertin s'impose à la fin de *Fort comme la mort*, pourrait bien se lire, en effet, comme une mort symbolique. C'est une mort qui forme une clôture narrative toute trouvée, mais qui symbolise, également, une condition *sine qua non* de la création chez Maupassant : l'effacement du texte précédent. Chaque roman apparaît, en effet, comme le recommencement ou la révision du précédent. Maupassant égrène ses romans successifs à la manière d'un peintre impressionniste qui se trouverait fasciné par un endroit précis, y revenant régulièrement afin de noter les infimes modifications de la luminosité.[8] Le sujet importe peu : ce sont le cadrage et l'éclairage qui priment. Tout comme le peintre Olivier Bertin — dont l'histoire constituerait, par conséquent, une auto-parodie plutôt qu'une autobiographie — Maupassant fait preuve d'une « grande souplesse de talent », disposant un nombre limité d'éléments narratifs afin de convenir au public visé : dans le cas de *Fort comme la mort*, les lectrices de la *Revue illustrée*.[9]

Mais il est clair, en dernière analyse, qu'en écrivant *Fort comme la mort*, Maupassant n'a pas composé son meilleur roman et qu'une technique qui préconise l'identité comme principe fondamental ne peut manquer, tôt ou tard, de déboucher sur un résultat qui frise par moments le médiocre, quelle que soit l'ingénuité avec laquelle on cherche à rendre malléable une esthétique aussi rigide. De longues sections de *Fort comme la mort* sont même à l'eau de rose. Nous sommes frappés par des lieux-communs, dans le thème

7. Respectivement *Chroniques,* i, 421, et ii, 400.

8. C'est sans doute cette incapacité de terminer qui rapproche le plus Bertin de Claude Lantier dans *L'Œuvre* de Zola.

9. Voir, à ce propos, la note de Louis Forestier, R, 1573.

aussi bien que dans l'expression, dont la fréquence enlève aux félicités une part de leur valeur. Aussi, argumenter pour l'importance de Maupassant à partir de ce texte serait un pari. Mais le spécialiste, comme le lecteur bénévole, devront reconnaître que Maupassant tournait, très méfiant, autour d'un défi esthétique que Marcel Proust allait relever quelques années plus tard. Maupassant, quant à lui, résiste au pressentiment de la puissance créatrice de la mémoire. Certes, nous n'en sommes pas encore à l'*autre* infernal d'un Sartre, mais l'absence de précision n'en est que plus génératrice d'anxiétés. Comme la foi, sans doute, comme l'homosexualité, peut-être, le « moi dynamique » est l'une des manifestations d'une altérité que Maupassant cherchera toujours à refouler. Peut-être bien que Maupassant procède ainsi parce que ce dynamisme constitue une menace, pour ce bourgeois malgré lui, à l'unité douillette de son caractère. Mais nous ne pouvons éviter, avant tout, la conclusion que Maupassant-écrivain est le prisonnier d'un paradoxe au cœur de sa propre esthétique : toujours écrire de la manière dont on sait qu'elle vous vaudra l'estime de vos lecteurs, mais s'interroger sans arrêt pour savoir si cette constante singerie et l'estime qu'elle engendre permettent qu'on s'appelle « écrivain ». Plus on creuse l'ornière de ce doute et plus il devient difficile d'en sortir : de curiosité en démangeaison, de démangeaison en angoisse narcissique. La littérature devient une corvée, un geste obsessionnel, amour amer, une marguerite que Maupassant effeuille autant par devoir que par affinité : je suis un écrivain, un peu, beaucoup, passionnément…

Bibliographie

Maupassant : principales éditions consultées

Chroniques, édition établie par Hubert Juin, Paris, Union Générale d'Éditions, 3 vol., 1980.

Contes et nouvelles, édition établie par Louis Forestier, Paris, Gallimard, Bibliothèque de la Pléiade, 2 vol., 1974 et 1979.

Fort comme la mort, Paris, Ollendorff, 1889.

Fort comme la mort, dessins d'André Brouillet, gravés sur bois par G. Lemoine, Paris, Ollendorff, 1903.

Fort comme la mort, Nouvelle Bibliothèque Flammarion, Paris, Flammarion, 1923.

Fort comme la mort, préface d'André Maurois, Paris, Imprimerie Nationale, 1958.

Fort comme la mort, préface de Gérard Delaisement, Paris, Gallimard Folio, 1983.

Œuvres complètes, Paris, Conard, 29 vol., 1907-10.

Romans, édition établie par Louis Forestier, Paris, Gallimard, Bibliothèque de la Pléiade, 1987.

Autres ouvrages consultés

ADAM Juliette, *Amitiés politiques avant l'abandon de la revanche* (tome vi des *Souvenirs*) Paris, Lemerre, 1908.

ALMÉRAS Henri d', *Avant la gloire* (tome i) Paris, Lecène, 1902.

AMIC Henri et LECOMTE DE NOÜY Hermine, *En regardant passer la vie,* Paris, Ollendorff, 1903.

ARTINIAN Artine, *Pour et contre Maupassant,* Paris, Nizet, 1955.

ARTINIAN Artine et MAYNIAL Édouard, *Correspondance inédite de Guy Maupassant,* Paris, Dominique Wapler, 1951.

BAILBÉ Joseph-Marc (ed.), *Le Paysage normand dans la littérature et dans l'art,* Publications de l'Université de Rouen, PUF, 1980.

BAUDE DE MAURCELEY, « Guy de Maupassant, Souvenirs personnels », *Le Gaulois,* 16 juillet 1925.

BERGSON Henri, *Œuvres complètes,* Paris, PUF, 1959.

BESNARD-COURSODON Micheline, *Étude thématique et structurale de l'œuvre de Maupassant : le piège,* Paris, Nizet, 1973.

BLANCHE Jacques-Émile, *La Pêche aux souvenirs,* Paris, Flammarion, 1949.

BONNEFIS Philippe, *Comme Maupassant,* Presses Universitaires de Lille, 1981.

BOURGET Paul, *Études et portraits*, Paris, Plon, 1906.

— *Nouvelles pages de critique et de doctrine,* Paris, Plon, 1922.

BRISSON A., *Portraits intimes,* (tome v), Paris, Armand Colin, 1901.

BRUNETIÈRE Ferdinand, « Le Pessimisme dans le Roman », *La Revue des Deux-Mondes,* 1er juillet 1885 (tome 70), 214-26.

— « Trois romans », *La Revue des Deux-Mondes,* 1er mars 1887 (tome 80), 202-13.

CASTELLA Charles, *Structures romanesques et vision sociale chez Guy de Maupassant*, Lausanne, Éditions de l'Age d'Homme, 1972.

CHINCHOLLES Charles, « Guy de Maupassant, Notes et Souvenirs », *Le Figaro,* 25 octobre 1897.

DAUDET Léon, *Fantômes et vivants*, Paris, Nouvelle Librairie Nationale, 1914.

— *Souvenirs des milieux littéraires, politiques, artistiques et médicaux de 1880 à 1905,* 2e série, « Devant la douleur », Paris, Nouvelle Librairie Nationale, 1915.

DELAISEMENT Gérard, *Guy de Maupassant. Le Témoin, l'homme, le critique*, Tours, Centre Régional de Documentation Pédagogique de l'Académie d'Orléans, 2 vol., 1984.

— « L'Univers de *Bel-Ami* », *Revue des sciences humaines,* 69 (1953), 77-87.

DONALDSON-EVANS Mary, *A Woman's Revenge : The Chronology of Dispossession in Maupassant's Fiction,* Lexington (Kentucky), French Forum, 1986.

DUGAST Daniel, *Vocabulaire et discours. Essai de lexicométrie organisationnelle. Fragments de lexicologie quantitative,* Genève, Slatkine, 1979.

— « Mots-thèmes et motifs, ou : sur la répartition des vocables d'un texte (*Fort comme la mort*) », *Verbum,* iv, 1981.

FAGUET Émile, *Propos littéraires* (tome iii), Paris, Lecène et Oudin, 1905.

FRANCE Anatole, *La Vie littéraire* 1re et 2e séries, Paris, Calmann-Lévy, 1889 et 1894.

GAUDEFROY-DEMOMBYNES Lorraine, *La Femme dans l'œuvre de Maupassant,* Paris, Mercure de France, 1943.

HUIZINGA Johan, *Homo Ludens*, Londres, Paladin, 1970.

JANKÉLÉVITCH Vladimir, *L'Ironie*, Paris, Flammarion, 1964.

— *L'Irréversible et la nostalgie,* Paris, Flammarion, 1974.

JENNINGS Chantal, « La dualité de Maupassant : son attitude envers la femme », *Revue des sciences humaines,* 140 (1970), 559-78.

LANOUX Armand, *Maupassant, le Bel-Ami*, Paris, Grasset, 1979.

LEMAÎTRE Jules, *Les Contemporains. Études et portraits,* 1re série, Paris, Lecène et Oudin, 1888.

MARTEL Tancrède, « Maupassant : Souvenirs et impressions », *Le Figaro* (supplément littéraire), 5 septembre 1925.

NIESS Robert J., « Autobiographical Symbolism in Maupassant's Last Works », *Symposium,* 14, no. 3 (Fall 1960), 213-20.

NORMAND Jacques, « Souvenirs sur Maupassant », *Le Figaro,* 13 décembre 1903.

PIERROT Jean, *L'Imaginaire décadent*, Paris, PUF, 1977.

PIJLS P. J. H., « Image et symbole dans *Fort comme la mort* de Guy de Maupassant », *Neophilologus,* 53 (octobre 1969), 372-98.

— « La structure du temps dans *Fort comme la mort* de Guy de Maupassant », *Neophilologus,* 61 (juillet 1977), 356-70.

PLUCHON Pierre, « La Politique dans l'œuvre de Maupassant », *Revue politique et parlementaire*, 764 (février 1966), 48-57.

RAIMOND Michel, *La crise du roman : Des lendemains du Naturalisme aux années vingt,* Paris, Corti, 1967.

ROUJON Henry, *La Galerie des Bustes,* Paris, Hachette, 1909.

SAGNES Guy, *L'Ennui dans la littérature française de Flaubert à Laforgue (1848-84),* Paris, Armand Colin, 1969.

SCHOPENHAUER Arthur, *Pensées, maximes et fragments,* Paris, Germer-Baillière, 1880.

SPENCER Herbert, *L'Introduction à la science sociale*, Paris, Germer-Baillière, 1874.

TALMEYR Maurice, *Souvenirs d'avant le déluge*, Paris, Perrin et cie, 1927.

TARDE Gabriel, *Les Lois de l'imitation. Étude sociologique,* Paris, Félix Alcan, 1890.

THORAVAL Jean, *L'Art de Maupassant d'après ses variantes,* Paris, Imprimerie Nationale, 1950.

TOMEL Guy, « Guy de Maupassant », *Journal des Débats,* 7 juillet 1893.

VIAL André, *Maupassant et l'art du roman,* Paris, Nizet, 1954.

— *Faits et significations,* Paris, Nizet, 1973.

WEST Thomas, G., « Schopenhauer, Huysmans and French Naturalism », *Journal of European Studies,* 1, (1971), 313-24.

ZVIGUILSKY Alexandre, « Maupassant et Tourguénev : la source de *Fort comme la mort* », *Revue de littérature comparée,* janvier-mars 1973, 131-38.

Index

Table des matières

Photocomposé en Times de 10
et achevé d'imprimer en octobre 1991
par l'Imprimerie de la Manutention
N° 364-91